여름의 책

Sommarboken

KB106044

SOMMARBOKEN (THE SUMMER BOOK)

by Tove Jansson

Introduction by Monika Fagerholm

토베 얀손
안미란 옮김

여름의 책

Sommarboken

차례

처음 『여름의 책』을 읽었을 때 나는 열두 살이었다. 1973년에 학교를 졸업하면서, 스웨덴어 과목 우등상 상품으로 이 책을 받았다. 나와 이 책의 관계는 이렇게 각별하고 성대하게 시작되었기 때문에, 이 책을 읽기까지 시간이 좀 걸렸다. 나는 이 책을 '어른스럽게' 깊이 생각을 하면서, 더구나 시류의 영향을 받지 않고 여름을 묘사한 이 글에 사실은 무언가 다른 뜻이 있을지도 모른다고 생각하면서 읽어야 한다고 여겼기 때문이었다. "사실은 슬픔에 대한 책이지……." 내 주변의 한 어른이 이렇게 말했다. "사실은 늙음과 그리움, 그리고 필연적인 죽음에 대한 책이야……." 다른 어른은 이렇게 말했고, 그게 다가 아니었다. "사실은 토베 얀손 자신의 가족, 자기 조카와 엄마에 대한 책이지." 등등……. 그래, 그렇게 이해해야 한단다.

일이 점점 어려워졌다. 나는 결국 궁리하고 연구하고 따지는 게 피곤해져서, 그냥 곧이곧대로 읽어 버렸다. 책은 나에게 엄청난 영향을 미쳤다. 내가 바깥으로 나갔던 모든 여름에. 나는 '여름에 바깥으로 나간다.'라는 표현을 사랑한다. 마치 독립적인 시간, 독립적인 세계로 나가는 것 같다. 나는 할머니였고 소피아였다. 종종 할머니였고, 그보다 더 자주 둘 중 아무도 아니었다. 하지만 나는 그 둘처럼 이야기의 한가운데에 있었고…… 바라보았다. 나는 세상 한가운데에 있었다. 여름은 나의 세상이었고, 좌우간 세상 온갖 것들이자 온갖 사건, 사물들이었다. 할머니가 이 책에서, 갑자기 찾아와서는 진지하게 '사실은' 어떤지 이야기하고 싶어 하는 옛 친구 베르네르에게 말하듯이 "현실적인 것들도 흥미로울 수 있어."

"뿌리를 내린다고." 베르네르가 말을 받았다. 그는 잠시 침묵하더니 말했다. "손녀딸과 함께 살다니, 참 좋겠네."

"관둬." 할머니가 말했다. "구닥다리 비유로 말하는 짓 좀 그만해. 나무뿌리 이야기를 했더니 바로 손녀딸 이야기라니. 왜 그렇게 돌려 말하고 비유를 사용하는 거야? 겁이라도 나는 거야?"

"겁이라도 나는 거야?" 이런 방식, 이런 시각이 나에게 새로운 세상 하나를, 아니 세상 자체를 열어 주는 것 같았다. 호기심과 관심을 갖고, 온갖 사건과 사물 한가운데로 나가서 보고 느끼는 것. 이 일은 좀 어려울 수도 있다. 일을 처리하고 사건을 다루고 해결해야 할 수도 있으니까. "겁이라도 나는 거야?" 이렇게 말하는 것은 그 모든 우아한 비유들보다, 감성적이고 애매모호하게 돌려 말하는 것보다 더 어려울 수도 있다.

그러니까 내가 여기서 할 말이 별로 없는 것이다.
그저 할 수 있는 말은 '여기 다 있다.'라는 것뿐이다. 『여름의 책』에는 섬이 있고 바다가 있고 할머니가, 그리고 손녀인 소피아가 있다. 그 뒤에는 일하는 아빠가 있고, 세상을 떠난 엄마도 있다. 여름이 있다. 어느 여름, 모든 여름들. 세부 하나 하나까지. 폭풍, 고요함, 벼랑, 갈대, 만과 협곡, 숲이 있고 요 강과 벌레들이 있다. "조각난 지렁이에 대한 논문"과 베레니스라는 소녀와 그 아이의 길고 아름다운 머리칼이……

불과 얼마 전까지 수평선이었는데 웬 사장님이 나타나 여름 별장을 짓고 "사유지. 상륙 금지."라고 팻말을 세운 먼 바깥쪽 작은 섬에 상륙하기. 그 사람이 마침 없으니 바로 지금 섬에 올라가야 한단다.

그리고 그때와 마찬가지로 여름이 어두움과 가을을 향해 가면서 우리를 떨쳐 버린다.

— 2017년, 모니카 파게르홀름

그 여름을 놓치지 않으려고 해 볼 수는 있지만,
그러려면 때로는 여유와 품위를 놓아야 한다.

아침 수영

바위틈은 물기를 가득 품고 있었고, 빛깔은 한결 깊었다. 베란다 밑에는 아침 그늘 아래 식물들이 마치 열대림처럼 우거져 있었다. 고집 센 잎과 꽃들이 다닥다닥 붙어 있어서, 손으로 입을 가리고 힘겹게 중심을 잡은 그녀는 무언가를 찾아다니면서도 식물들이 다치지 않도록 조심해야 했다.

"뭐 해?" 어린 소피아가 물었다.

"아무것도 아냐." 할머니가 대답하고는 짜증 내듯 쏘아붙였다. "그냥, 틀니를 찾고 있지."

아이는 베란다에서 내려와 침착하게 물었다. "어디서 잃어버렸는데?"

"여기." 할머니가 말했다. "저기 서 있었는데 작약꽃 사이로 떨어졌어."

둘은 함께 찾아보았다.

"나한테 맡겨." 소피아가 말했다. "할머니는 똑바로 서지도 못하잖아. 저리 가." 정원에서 소피아는 꽃으로 된 지붕 아래로 들어가서는 푸른 나무줄기 사이로 기어갔다. 그 아래는

금지된 곳, 아름다운 곳이었다. 검고 부드러운 땅에 흰색과 분홍색의 틀니가 있었다. 입안을 가득 채울 오래된 틀니. "여기 있네!" 아이는 외치면서 일어났다. "끼워."

"보지 마!" 할머니가 말했다. "이건 사적인 일이니까."

소피아는 틀니를 등 뒤로 숨기고 말했다. "볼래." 그래서 할머니는 탈칵 소리를 내며 틀니를 입에 넣었다. 아주 간단한 일이었고, 별로 대단한 것도 아니었다.

"할머니는 언제 죽어?" 아이가 물었다.

할머니가 대답했다. "얼마 안 남았지. 하지만 너하고는 아무 상관없는 일이야."

"왜 상관이 없어?" 손녀가 물었다.

할머니는 대답도 없이 바위를 넘어 골짜기로 올라갔다.

"거기는 가면 안 돼!" 소피아가 외쳤다.

할머니는 별일 아니라는 듯이 대답했다. "알아. 너나 나나 거기 가면 안 되지만, 지금은 갈 거야. 네 아빠는 자느라고 아무것도 모르니까."

둘은 바위를 넘었다. 이끼는 미끄러웠고, 해는 이미 상당히 올라왔다. 온 세상이 수증기를 뿜고 있었고, 부연 햇빛을 받은 섬 전체가 정말 아름다웠다.

"저기는 구덩이를 파는 거야?" 아이가 조심스럽게 물었다.

"응." 할머니가 대답했다. "커다란 구덩이를 파는 거지." 그러고는 무슨 속뜻이 있는 것처럼 덧붙였다. "우리가 같이 들어갈 만큼 커."

"왜?" 아이가 물었다.

두 사람은 곳을 향해 계속 갔다.

"난 이렇게 멀리까진 와 본 적 없는데." 소피아가 말했다.

"할머니는?"

"나도 처음이야." 할머니가 말했다.

둘은 곶으로 더 나아가, 바위가 계단처럼 한 단씩 낮아지며 점점 어두워지는 끝부분까지 갔다. 어둠 속으로 나아가는 한 단 한 단을 연두색 물풀이 띠처럼 감싸고 있었고, 그 띠는 물결이 칠 때마다 밀려왔다가 다시 빠져나갔다.

"헤엄칠래." 아이가 말했다. 할머니가 반대할 줄 알았지만 아무 반응이 없었다. 그래서 천천히 조심스럽게 옷을 벗었다. 무슨 일이 벌어지건 내버려 두는 사람을 믿을 수는 없었다. 그래서 발을 물에 담그고는 말했다. "물이 차."

"당연히 차지." 할머니가 다른 생각을 하면서 말했다. "그럼 어떨 줄 알았니."

아이는 허리까지 몸을 담그고 긴장해서 기다렸다. "수영해." 할머니가 말했다. "너 수영할 줄 알잖아."

'물이 깊은데.' 소피아는 생각했다. '난 같이 가는 사람 없이 이렇게 깊은 데서 수영한 적이 없는데, 할머니가 잊어버렸구나.' 그래서 다시 올라와서 바위에 앉아 말했다. "오늘은 날씨가 좋겠네."

해는 어느새 더 높아졌다. 섬도 바다도 모두 반짝였고, 공기도 무게가 없었다.

"나 잠수할 줄 알아." 소피아가 말했다. "잠수하면 어떤지 알아?"

할머니가 대답했다. "물론 알지. 다 잊어버리고 뛰어들어서 물속으로 들어가는 거야. 다리에 물풀이 느껴지는데, 밤색이지. 물은 맑은데, 머리 위는 환하고 공기 방울도 생기지. 미끄러져 들어가는 거야. 숨을 참고 미끄러져 들어가서는 몸을 돌려서 다시 올라오지. 밖으로 올라와서 숨을 내쉬어. 그러고 는 물에 떠 있어. 그냥 떠 있는 거야."

"그리고 눈은 내내 뜨고 있지." 소피아가 말했다.

"물론이지. 눈을 안 뜨고 잠수하는 사람이 어디 있어."

"내가 할머니한테 안 보여 줘도 말이야, 내가 진짜로 잠수 할 줄 안다고 믿어?" 아이가 물었다.

"그럼, 그럼." 할머니가 말했다. "옷 입어. 아빠가 깨기 전 에 집에 갈 수 있게."

피로해지기 시작했다. 그녀는 생각했다. '집에 가면 잠 좀 자야겠다. 그리고 아이 아빠에게 애가 아직도 깊은 물을 무서 워한다고 말해 줘야겠네.'

달빛

4월의 어느 날, 보름달이 뜨고 얼음이 바다를 덮었다. 잠이 깬 소피아는 이제 가족이 섬으로 돌아왔으며 엄마가 돌아가셔서 자기 혼자 쓰는 침대가 생겼다는 게 기억났다. 난로에는 아직 불이 있었고, 장화를 널어놓은 천장으로 불꽃이 타올랐다. 바닥은 아주 차가웠지만, 소피아는 내려가서 창밖을 내다보았다.

얼음은 검었는데, 얼음 가운데 난로와 그 안에 타고 있는 불이 있었다. 환기창 두 개가 나란히 열려 있었다. 두 번째 유리에는 땅속에서 불이 타오르는 모습이 보였고, 세 번째 유리를 통해서는 방 전체가 이중으로 반사되어 보였다. 뚜껑이 활짝 열린 여행 가방과 궤짝과 박스가 보였는데, 그 안은 이끼와 눈과 마른풀로 가득했고, 바닥에는 새카맣게 그림자가 졌다. 바위 위에는 아이가 둘로 보였고, 그 뒤로 마가목이 자라고 있었다. 그들 뒤의 하늘은 짙은 푸른빛이었다.

침대에 누운 소피아는 천장에서 춤추는 불빛을 바라보았다. 때때로는 섬이 방에 더 가까워졌다. 점점 더 가까이 다가 왔다. 두 아이는 물가의 풀밭에서 자고 있었고, 이불에는 눈송이가 쌓였다. 아이들 아래쪽에서 얼음이 점점 더 어둡게 물들더니 미끄러져 내리기 시작했다. 아주 조심스럽게 바닥에 물길이 트여 물이 흘렀고, 여행 가방도 달빛이 비추는 물 위로 떠 갔다. 활짝 열린 배낭들은 어둠과 이끼로 가득 찼고, 다시는 돌아오지 않았다.

소피아는 팔을 뻗쳐 할머니의 머리카락을 당겼다. 아주 살살. 할머니는 바로 잠이 깨었다. "들어 봐." 소피아가 속삭였다. "창문에 불이 두 개 보여. 왜 하나가 아니고 둘이야?"

할머니는 잠시 생각하더니 대답했다. "유리가 이중이니까 그렇지."

좀 이따가 소피아가 물었다. "문은 잘 잠겨 있어?"

"문은 열려 있지." 할머니가 대답했다. "문은 언제나 열려 있어. 마음 놓고 자렴."

소피아는 몸에 이불을 감았다. 그러고는 섬 전체가 얼음에 떠내려가고 수평선까지 사라지게끔 내버려 두었다. 소피아가 잠들기 직전에, 아빠는 일어나서 난로에 땔감을 더 넣었다.

유령의 숲

바위를 넘어가면 죽은 숲이 섬을 둘러 띠를 이루고 있다. 여기는 바람이 들이치는 곳이어서 숲은 수백 년에 걸쳐 폭풍과 맞싸우면서 독특한 모습이 되었다. 노를 저어 지나가며 숲을 보면 나무 하나하나가 바람을 피해서 뻗은 게 확실히 보였다. 나무들은 몸을 굽히고, 꼬고, 바닥으로 기었다. 줄기는 부러지거나 썩거나 가라앉았고, 죽은 나무는 여전히 파란 순이 난 나무들을 밑에서 받쳐 주거나 위에서 깔아뭉갰다. 나무들은 고집을 부리면서도 항복한 자세를 취하며 서로 한 덩어리로 엉겨 있었다. 전나무가 일어서지 않고 눕기로 작정한 자리들을 제외하면 땅에는 밤색 바늘잎들이 빛나고 있었다. 전나무에는 푸른 잎이 미친 듯이 자라나고 있어서, 정글처럼 습하면서 반짝거렸다. 이 숲은 유령의 숲이라고 불렸다. 유령의 숲은 오랜 시간 동안 형성되었는데, 살아남느냐 죽느냐의 균형은 너무나 아슬아슬해서 아주 조그마한 변화도 생각하기 힘들었다. 나무를 벌목하거나 서로 엉킨 나무들을 갈라놓는다면 유령의 숲은 파괴되고 말 것이다. 습지에서 물을 빼낼 수도 없었고, 촘촘하게 막아선 담 뒤에는 무엇도 심을 수 없었다. 덤불 아래, 언제나 어두운 굴속에는 새들과 작은 짐승들이 살고 있었고, 물이 고요할 때면 날개 치는 소리나 짐승이 달려가는 발소리가 들렸다. 하지만 이런 동물들은 절대로 모습을 보이지 않았다.

섬에 처음 왔을 때, 가족들은 유령의 숲을 전보다 더 무시무시하게 만들려고 했다. 식구들은 주변의 다른 섬에서 나무 토막과 노간주나무 가지를 모아서 실어 왔으며, 풍해를 입고 하얗게 빛바랜 아름다운 물체들을 섬으로 모아 왔다. 그러는 동안 그것들은 꺾이거나 부서지기도 했고, 설 자리로 끌려가면서 넓고 흰한 길을 등 뒤에 남기기도 했다. 할머니는 이런 행동을 별로 달갑지 않게 생각했지만 아무 말도 하지 않았다. 나중에 할머니는 배를 청소했고, 가족들이 유령의 숲에 관심을 잃을 때까지 기다렸다. 그리고 혼자 숲으로 가서 천천히 나무 밑둥과 고사리 옆으로 기어 들어갔고, 피곤해지면 땅에 몸을 눕히고 회색 이끼와 가지로 만들어진 그물 사이로 하늘을 바라보았다. 다른 사람들은 할머니에게 어디 다녀오셨느냐고 물었고, 할머니는 잠깐 눈을 붙이고 왔다고 대답했다.

유령의 숲 안쪽 공간은 질서 있고 아름다운 공원으로 바뀌어 갔다. 땅이 봄비에 젖었을 때 식구들은 아주 자그마한 나뭇가지까지도 다 치워 버리고, 섬 한쪽 끝에서 다른 쪽 끝으로, 그리고 모래사장으로 갈 때는 작은 오솔길들로만 다녔다. 이끼를 밟고 다니는 건 농부들하고 관광객밖에 없다. 그 사람들은 이끼가 세상에서 가장 예민하다는 점을 모르니까. 이 말은 하고 또 해도 부족하다. 한 번 밟힌 이끼는 비가 오면 다시 일어난다. 두 번 밟히면 일어서지 못한다. 세 번 밟히면 죽는

다. 솜털오리도 마찬가지다. 둥지에 있는 오리를 세 번 놀래면 다시는 돌아오지 않는다. 7월에는 이끼 사이에서 길고 가는 풀이 자라 이끼를 꾸민다. 이것들은 마치 육지의 풀밭처럼 땅에서 똑같은 높이로 피어올라 나란히 바람에 흔들린다. 그럴 때면 눈에 보일까 말까 한 따뜻한 베일이 섬을 덮었다가 일주일 후쯤 다시 사라진다. 사람의 발이 닿지 않은 황야의 어떤 모습도 이 모습만큼 깊은 인상을 남기지 못한다.

하지만 할머니는 유령의 숲에 앉아 낯선 짐승들을 조각했다. 나뭇가지와 나무토막을 깎아서 발과 얼굴을 만들었지만 동물의 형체는 뭔지 알 수 없는 게 보통이었고, 그저 짐작이 가는 정도였다. 조각을 했어도 이 작품들의 영혼은 여전히 나무였으며, 굽은 등과 다리는 썩어 가는 숲에서 나무들이 자라나던 형태를 어렴풋이 그대로 품고 있었다. 가끔 할머니는 나무의 밑동이나 줄기에 바로 조각을 했다. 할머니의 목각 짐승은 점점 수가 많아졌다. 짐승들은 나무에 콕 박혀 있거나 올라앉았고, 줄기에 기대거나 반쯤 땅에 묻혔다. 팔을 뻗고 늪에 가라앉거나 뒤죽박죽으로 섞여 나무 발치에 놓여 있거나 잠을 자기도 했다. 어떤 때는 그림자 속의 윤곽선뿐이었고, 둘이나 셋이 싸우거나 사랑하며 엉겨 붙기도 했다. 할머니는 이미 형태가 잡힌 오래된 나무만을 사용했다. 나무를 통해 전달하고 싶은 말을 이미 품고 있는 나무토막들만을 알아보고 선택했던 것이다.

어느 날 할머니는 모래에서 커다란 척추뼈를 발견했다. 척추뼈는 너무 단단해서 더 다듬을 수 없었을 뿐만 아니라 더 아름다워지기는 어차피 불가능했으므로, 할머니는 그 뼈를 그대로 유령의 숲에 가져다 놓았다.

할머니는 희거나 이미 회색이 되어 버린 뼈들을 더 찾았다. 바다에서 떠밀려 온 뼈들이었다.

"할머니, 뭐 하는 거야?" 소피아가 물었다.

"놀지." 할머니가 대답했다.

유령의 숲으로 기어 들어간 소피아는 할머니가 만든 것들을 보았다. "여기 지금 미술전 개막식이야?" 소피아가 물었다. 하지만 할머니는 이건 조소가 아니라고, 조소는 아주 다른 거라고 말했다.

둘은 해안에서 뼈를 함께 모으기 시작했다.

"찾고 모은다는 건 신비한 일이지. 찾는 것밖에는 안 보이니까. 크랜베리를 찾고 있으면 빨간 것밖에 안 보이고, 뼈를 찾고 있으면 하얀 것밖에 안 보여. 어디를 가도 뼈밖에 안 보인다니까. 어떤 것들은 바늘처럼 가늘어. 아주 섬세하고 부러지기 쉬우니까 아주 조심스럽게 옮겨야지. 굵은 대퇴골, 새장의 창살 같은 갈비뼈, 이런 것들은 커다란데, 난파한 배처럼 모래에 묻혀 있어. 천 가지 형태가 있고 하나하나 다 구조가 다르지."

소피아와 할머니는 찾은 뼈들을 모두 유령의 숲으로 가져왔고, 저녁 무렵이면 날마다 그 숲에 갔다. 나무 아래의 땅은 무슨 상징 같은 하얀 덩굴무늬로 덮였고, 할머니와 소피아는 도안이 하나 끝나고 나면 앉아서 잠시 이야기를 하고 덤불 속에서 새들이 움직이는 소리를 들었다. 한번은 뇌조가 날아올랐고, 언제는 아주 작은 부엉이가 나타났다. 부엉이는 저녁 하늘을 배경으로 나뭇가지에 앉아 있었다. 섬에 부엉이가 온 것은 그게 처음이었다.

어느 날 아침 소피아는 커다란 짐승의 손상되지 않은 두

개골을 발견했다. 그것도 완전히 혼자 있을 때. 할머니는 그것이 물개의 두개골이라고 생각했고, 바구니에 숨기고 저녁까지 기다렸다. 노을은 온통 붉은빛이었다. 빛이 섬 전체에 쏟아져서 땅까지 다 붉어졌다. 할머니와 소피아는 그 두개골을 유령의 숲에 갖다 놓았고, 두개골은 그곳에서 이를 다 드러내며 빛났다.

갑자기 소피아가 소리치기 시작했다. "저거 치워! 저거 치우라고!" 하고 외쳤다. 할머니는 바로 소피아를 팔에 안았지만, 아무 말도 안 하는 게 나을 것 같았다. 조금 있으니 소피아는 잠이 들었다. 할머니는 모래사장에 성냥갑으로 집을 짓고 집 뒤에는 블루베리를 심어야겠다고 생각했다. 은박지로 다리를 놓고 유리창을 달 수 있을 것이다.

그렇게 해서 나무로 된 짐승들은 숲에서 사라지게 되었다. 덩굴무늬는 땅속으로 묻히고 푸른 이끼가 끼었으며, 시간이 흐르면서 나무들도 점차 더 엉겨 붙었다. 저녁이 되어 어둑어둑해지면 할머니는 가끔 혼자 숲으로 갔다. 하지만 낮에는 베란다 계단에 앉아서 나무껍질로 배를 만들었다.

갈갈이오리

어느 날 아침, 날도 밝기 전이었다. 갑자기 손님방이 추워졌다. 할머니는 양탄자를 덮고 벽에 걸린 우비 몇 개도 내려왔지만 도움이 되지 않았다. 늪 때문인 것 같았다. 이런 늪은 참 신기한 존재다. 돌멩이와 모래와 해묵은 통나무로 채우고 그 위에다가 장작 패는 곳을 만들어도 늪은 언제까지나 늪이었다. 이른 봄이면 얼음을 들이마시고 자기만의 독특한 안개를 뿜었는데, 마치 지난날의 검은 물구덩이와 아무도 손대지 않은 죽은 풀을 기억하는 듯했다. 할머니는 맞은편의 석유 난로를 바라보았다. 이미 꺼졌다. 시계를 보았다. 3시였다. 결국 일어나서 옷을 입고 지팡이를 짚고 돌계단을 내려갔다. 바람 없는 밤이었고, 갑자기 긴꼬리오리 소리가 듣고 싶어졌다.

장작 패는 곳만 아니라 섬 전체가 안개에 싸여 있었다. 5월 초의 바닷가에서 경험할 수 있는 특별한 고요가 어디나 흐르고 있었다. 나뭇가지들 사이에서 물방울이 떨어지는 소리가 똑똑히 들렸다. 아직 새싹이라고는 보이지 않았고, 북쪽으로는 여기저기 눈이 보였다. 희망을 가득 품은 경치였다. 긴꼬리

오리 소리가 들렸다. 가글가글 하고 우는 소리 때문에 갈갈이라고도 불렀는데, 언제나 아주 멀리, 도저히 눈에 들어오지 않는 먼 곳에서 울었다. 흰눈썹뜸부기만큼이나 종적을 찾을 수 없는 새였다. 뜸부기는 한 마리씩 풀밭에 숨는 반면 긴꼬리오리는 짝짓기를 할 때면 해안에서 가장 멀리 떨어진 섬까지 가서 어마어마한 무리를 지어 밤새도록 노래를 불렀다.

할머니는 바위를 넘어가며 새라는 존재에 대해 생각을 해 보았다. 사건들, 그러니까 계절과 날씨의 변동과 자신들에게 일어나는 온갖 변화를 새들처럼 극적으로 강조하고 완성할 수 있는 동물은 아마 없는 것 같다는 생각이 들었다. 온갖 새들 생각을 다 했다. 철새, 여름밤에 들리는 개똥지빠귀의 노래, 뻐꾸기. 그렇지, 뻐꾸기. 그리고 물에 떠다니며 망을 보는 크고 냉랭한 새들, 늦여름에 무질서한 무리를 지어 잠깐 들르는 둥글고 머리가 나쁘고 겁도 없는 작은 새들, 행복한 사람들이 사는 집에만 둥지를 튼다는 제비들. 뭐가 뭔지 구분도 안 되는 새들이 이렇게 강한 상징이 되었다는 건 신기한 일이다. 아니, 안 신기한가? 할머니에게 긴꼬리오리는 기대와 새로움을 의미했다. 할머니는 뻣뻣한 다리로 바위를 넘어, 소피아의 놀이용 오두막의 창문을 두드렸다. 소피아는 바로 깨어 밖으로 나왔다.

"오리 소리 들으러 간다." 할머니가 말했다.

소피아는 옷을 입었고, 둘은 함께 길을 갔다.

섬 동쪽 해안의 바위는 얇은 얼음에 둘러싸여 있었다. 그때까지는 아무도 나무를 치울 시간이 없었으므로, 바닷가는 떠밀려 온 것들로 가득했다. 판자와 물풀과 갈대와 나무 기둥, 겉과 속이 뒤집힌 채로 언제 부서질지 모르게 쇠로 된 틀만 간신히 유지하고 있는 나무 상자가 마구 뒤섞여 넓고 들쭉날쭉한 뭉치를 이루고 있었다. 그 위에는 유실된 기름 때문에 검어진 무겁고 거대한 나무통이 놓여 있었다. 가벼운 나무껍질과 지나간 폭풍의 흔적들은 띠를 이룬 얼음 바깥에 떠다녔고, 가벼운 파도가 칠 때마다 밖으로 밀려갔다가 다시 밀려들었다. 해 뜰 때가 다 되어, 바다 위에 퍼진 안개 사이로 빛이 뚫고 들어왔다. 긴꼬리오리들은 멀리서 끊임없이 노래하고 있었다.

"짝을 찾고 있네." 소피아가 말했다.

해가 떴고, 안개가 잠시 빛나더니 아예 사라졌다. 바다 가운데의 큰 바위 하나에 긴꼬리오리 한 마리가 있었다. 이미 죽은 채로 푹 젖어서 손으로 쥐어짠 비닐봉지처럼 보였다. 소피아는 그걸 보고 늙은 까마귀라고 했지만, 할머니는 그 말을 믿지 않았다.

"하지만 봄이잖아!" 소피아가 말했다. "아직 죽을 때가 안 됐어. 태어난 지 얼마 안 되고 이제 갓 결혼했는데! 할머니가 그랬잖아!"

"음. 그런데 쟤는 그래도 죽었네." 할머니가 말했다.

"왜 죽었지?" 화가 잔뜩 난 소피아가 외쳤다.

"짝사랑 때문이지." 소피아의 할머니가 설명했다. "수컷 오리였는데, 자기 짝한테 밤새도록 노래를 하고 갈갈거렸지. 그런데 다른 수컷이 와서 짝을 빼앗았어. 그러니까 물에 머리를 박고 떠내려간 거야."

"말도 안 돼!" 소피아가 소리치고 울기 시작했다. "오리는 물에 빠져 죽지 않아. 제대로 얘기해!"

그래서 할머니는 오리가 그냥 돌에 머리를 부딪혀서 죽었다고, 너무 신이 나서 앞뒤도 안 보고 노래하고 갈갈거리느라 이런 일이 생겼다고, 최고로 행복할 때 그런 일을 당했다고 말했다.

"그게 낫네." 소피아가 말했다. "묻어 줄까?"

"그럴 필요 없어." 할머니가 대답했다. "밀물이 오면 알아서 장례를 지낼 거다. 바닷새는 바닷사람처럼 묻혀야지."

두 사람은 길을 가면서 계속해서 뱃사람들의 장례 방식에 대해 이야기를 했고, 이부, 삼부로 합창을 하는 긴꼬리오리들의 소리는 점점 멀어졌다. 곶의 끄트머리는 겨울에 폭풍이 쳐서 모습이 완전히 달라졌다. 전에는 돌밖에 없었던 곶이 모래밭이 되었다.

"모래밭을 살려야지." 할머니가 말하며 지팡이로 모래를 찍었다. "물이 불고 북풍이 불면 다 사라질거야." 할머니는 빛바랜 마른 갈대 위에 누워서 하늘을 바라보았다. 소피아도 옆에 누웠다. 점점 따뜻해졌다. 한참 그렇게 누워 있었더니, 날아가는 철새들의 온화하고 부드러운 소리가 들렸고, 북쪽으로 가는 한 떼의 새들이 보였다.

"이제 뭐 하지?" 소피아가 물었다.

할머니는 곶을 돌아보고 뭐가 떠내려왔는지 보자고 했다.

"지루해하지 않을 자신 있어?" 소피아가 물었다.

"완전 자신 있지." 할머니가 말했다. 그러고는 옆으로 돌아누워 팔로 머리를 감쌌다. 스웨터 소매와 모자와 하얀 갈대 사이로 하늘과 바다와 모래가 삼각형으로 보였다. 그 옆에는 모래에서 뻗어 나온 가느다란 풀 줄기가 있었고, 그 삐죽삐죽한 잎 사이에는 물새의 솜털이 끼어 있었다. 할머니는 깃털의 구조를 자세히 들여다보았다. 가운데 깃대는 빳빳했고 주위에는 공기보다 가벼운 솜털이 나 있었는데, 연밤색 털은 깃대 꼭지 쪽으로 갈수록 어두워지고 반짝거렸으며, 작지만 날렵한 곡선으로 마무리되었다. 공기가 살짝, 느끼지도 못할 만큼 살짝만 움직여도 깃털은 흔들렸다. 풀 줄기와 솜털은 딱 할머니의 눈에 들어올 만큼 떨어져 있었다. 그래서 그 깃털이 봄에, 어쩌면 지난밤에 풀 줄기에 걸린 것일까, 아니면 겨우내 그 자리에 있었을까 생각했다. 풀이 심긴 곳 주변으로 둥글게 파인 모래, 그리고 풀 줄기를 감은 가느다란 물풀 가닥을 보았다. 바로 옆에는 나무껍질이 한 조각 있었다. 오래 바라보니 그것은 점점 자라서 표면에 소용돌이처럼 생긴 화구와 구덩이가 있는 커다란 산을 이루었다. 나무껍질은 아름답고 극적이었으며, 모래 위에 드리워진 그 나무껍질의 그늘은 한군데에 가만히 있었고, 굵고 깨끗한 모래는 아침 햇살에 잿빛으로 보였다. 하늘은 온통 텅 비었고, 바다도 그랬다.

소피아가 달려서 돌아왔다. "쇠 격자를 찾았어!" 소피아가 말했다. "아주 커다란 철망이야! 배에서 나왔지! 보트만큼이나 길어!"

"설마." 할머니가 말했다.

할머니는 너무 빨리 일어서면 몸에 무리가 가서 천천히 일어났으므로, 살랑이는 아침 바람에 깃털이 가벼운 풀 줄기를 떠나 두둥실 날아가는 바로 그 순간에도 모래밭 풍경을 볼 수 있었다. 깃털은 시야에서 사라졌고, 일어나니 경치가 줄어들었다. 할머니는 말했다. "깃털을 하나 봤어. 긴꼬리오리의 솜털이었지."

"무슨 오리?" 소피아가 물었다. 사랑 때문에 죽은 오리는 이미 잊어버렸으니까.

베레니스

어느 여름, 소피아에게 자기만의 손님이 생겼다. 처음 생긴 친구가 찾아온 것이다. 최근에 새로 사귄 아이였고, 소피아는 그 아이의 머리카락을 정말 좋아했다. 이 새 친구의 이름은 외르디스 에벨리네였지만, 핍사라고 불렀다.

소피아는 할머니에게 핍사는 남이 진짜 이름이 뭐냐고 묻는 걸 두려워한다고, 사실은 안 무서워하는 게 없기 때문에 그 아이를 조심스럽게 대해야 한다고 이야기했고, 소피아와 할머니는 일단 핍사가 처음 보는 무엇 때문에 놀라지 않게끔 신경 쓰기로 했다. 핍사는 적당하지 않은 옷을 입고 가죽 밑창이 달린 구두를 신고 왔다.[1] 그 아이는 지나칠 정도로 얌전하고 조용했으며, 머리카락이 숨 막히게 아름다웠다.

"예쁘지 않아?" 소피아가 말했다. "타고난 곱슬머리야."

"참 예쁘네." 할머니가 말했다. 둘은 서로 마주 보고 천천히 고개를 끄덕였다. 소피아는 숨을 들이쉬고 말했다. "핍사

---

1 가죽신은 물에 약하고 미끄러워서 섬에서 신기에 적당한 신발이 아니다.

를 지켜 줄래. 비밀 결사를 만들까? 그런데 문제는 핍사라는 이름이 귀족적으로 들리지 않는다는 거야."

할머니는 그 친구를 '베레니스'라 부르자고 했다. 결사 내부에서만 말이다. 베레니스는 머리카락으로 유명했던 왕비였고, 별자리 이름이기도 했다.

핍사는 이런 비밀스러운 상징들로 둘러싸인 채 무수히 많은 진지한 대화 속의 주인공이 되어 섬을 돌아다녔다. 보기 드물게 작고 겁이 많은 이 아이는 좀체 혼자 있지 못했다. 그래서 소피아는 늘 시간에 쫓겼으며, 손님을 혼자 둘 수 있는 겨를은 몇 분도 채 안 되었다. 할머니는 집 뒤편의 손님방에 누워 있다가, 소피아가 오는 소리를 듣고는 헐떡이며 계단을 올라와 급히 방으로 뛰어 들어와서 바로 침대에 앉아 속삭였다. "그 애 때문에 미치겠다. 배 타는 게 무섭다고 노 젓는 걸 안 배우려고 해. 물이 찬 거 같대. 베레니스를 어쩐다냐?" 두 사람은 잠깐 회의를 했지만 당장은 결정된 게 없었고, 소피아는 다시 바삐 나갔다.

손님방은 나중에 추가로 지었기 때문에 모양이 아주 독특했다. 집 뒷벽에 딱 붙어 있었는데, 타르칠이 된 안쪽 벽에 그물과 아이볼트(eyebolt)와 밧줄, 그리고 늘 그 자리에 있는 다른 필요한 물건들이 걸려 있었다. 천장은 지붕의 연장선이었기 때문에 아주 삐딱했고, 집을 받치고 있는 바위가 이전에 늪이었던 곳으로 기울어졌기 때문에 방은 나무 기둥 위에 지어졌다. 바깥에 소나무가 자라고 있어서, 손님방은 침대보다 아주 조금밖에 더 길쭉하지 않았다. 그 방은 달리 말하면 푸르게 회칠이 된 아주 짧은 복도에 지나지 않았고, 한쪽 끝에는 문과 못 상자가, 반대쪽에는 지나치게 큰 창문이 있었다. 창문은 어딘가에서 안 쓰고 남은 물건이기 때문에 그렇게 컸고, 왼쪽은 기울어진 지붕 때문에 구석을 잘라 냈다. 하얀 침대는 푸른색과 금색으로 장식되어 있었다. 손님방 밑에는 콜타르와 석유와 목재용 방부제가 들어 있는 통들, 빈 상자, 삽과 쇠 지렛대 그리고 생선 상자와 버리기 아까운 온갖 것들이 보관되어 있었다. 그러니까 손님방은 아늑하고 독립된 장소였고, 그 밖의 자잘한 것에 대해서는 별로 말할 필요가 없다. 할머니는 다시 책을 보기 시작했고 베레니스 생각은 잠시 접었다. 꾸준히 부는 여름 남풍이 와서 집과 섬 주위를 노곤하게 스쳤다. 집 안에서 일기 예보 소리가 들려왔고, 햇빛 한 조각이 창틀을 지나갔다.

소피아는 문을 급히 열고 들어와서는 말했다. "걔 지금 울어. 개미가 무섭다면서, 어디나 개미가 있다고 생각해. 이렇게 이렇게 다리를 들고, 발을 구르면서 울고 가만히 있지를 못해. 얘를 도대체 어떻게 하지?"

두 사람은 베레니스와 배를 타고 나가기로 했다. 배에는 개미가 없으니까, 말하자면 이 아이를 더 무서운 것에서 덜 무서운 것으로 꾀어내기로 하고 할머니는 다시 책을 읽기 시작했다.

침대 발치에는 꽤 괜찮은 은수자(隱修者) 그림이 하나 걸려 있었다. 광택지에 컬러로 인쇄된 그림을 책에서 오려 낸 것이었다. 땅거미가 깊게 깔린 사막이, 오직 하늘과 물기 없는 벌판만이 보였다. 그림 가운데에는 은수자가 열린 천막 안의 침대에서 글을 읽고 있었고, 머리맡에는 등잔이 놓인 작은 테이블이 있었다. 천막, 침대, 등잔불과 테이블은 다 합해도 그의 몸만큼이나 되나 싶게 작았다. 땅거미 너머 저 멀리에 사자가 누워 있다는 사실을 아주 희미하게나마 느낄 수 있었다. 소피아는 사자가 위험하다고 생각했지만, 할머니는 사자가 은수자를 지켜 준다고 믿었다.

남서풍이 불면, 아무 사건도 변화도 없이 하루하루가 지나간다는 느낌이 들었고, 한결같고 조용한 바람이 밤낮으로 불었다. 아빠는 종일 책상에서 일만 했다. 그물은 물로 던져지고 다시 걷혔다. 섬에서는 누구나 자기가 맡은 일을 했으니, 누구라도 칭찬이나 동정을 얻자고 그 일들에 대해 말할 필요 따위는 없었다. 언제나 늘 똑같은 긴 여름이었고, 모든 것이 각자의 속도로 자랐다. 베레니스라는 아이가 — 비밀 이름으로 부르자면 그렇다. — 섬에 왔다는 사실은 아무도 예측하지 못했던 방식으로 일을 복잡하게 했다. 섬에서의 삶과 그 모든 사건들이 쪼갤 수 없는 하나의 단단한 덩어리라는 사실을 아무도 몰랐던 것이다. 느린 여름을 슬슬 따라가며 정신 놓고 살던 이들은 손님이라는 존재를 생각해 본 적도 없었고, 베레니스라는 아이가 바다나 개미나 나무 사이로 부는 밤바람보다 자기들을 더 두려워한다는 점도 이해할 수 없었다.

세 번째 날, 소피아가 손님방에 와서 말했다. "더는 못 해. 말도 안 되는 애야. 잠수를 시켰는데도 나아지지 않아."

"정말로 잠수를 해?" 할머니가 물었다.

"그럼. 밀쳤더니 잠수를 하던데?"

"아하." 할머니가 말했다. "그런데?"

"소금물이 머리카락이랑 안 맞아." 소피아가 침울하게 말했다. "아주 흉측해 보여. 내가 좋아하던 머리카락인데."

할머니는 담요를 밀치고 일어나서 지팡이를 짚고는 물었다. "지금은 어디로 갔는데?"

"감자밭에."

할머니는 혼자 섬을 가로질러 감자밭으로 갔다. 바람을 피할 수 있는 돌 사이에 위치한 감자밭은 바다를 내려다보고 있었고, 온종일 해가 들었다. 씨감자를 모래로 된 밭에 심고 ── 언제나 일찍 추수할 수 있는 품종으로 심었다. ── 물풀을 한 겹 덮었다. 소금물을 주면 분홍빛이 도는 깨끗한 타원형의 감자가 아주 작게 열렸다. 소나무 가지에 반쯤 가려진 아이는 커다란 돌 뒤에 앉아 있었다. 할머니는 약간 떨어진 곳에 앉아 작은 삽으로 땅을 파기 시작했다. 감자는 아직 너무 작았지만 그래도 어쨌든 열 개쯤을 캐냈다. "이렇게 하는 거야." 하고 할머니는 베레니스에게 말했다. "큰 거 하나를 심으면 작은 게 아주 많이 나오지. 한참 기다리면 그게 다 크게 자라고."

베레니스는 엉클어진 머리카락 사이로 힐끗 바라보더니 다시 눈을 돌렸다. 감자에 관심이 없었고, 아무것도, 누구에게도 관심이 없었다.

할머니는 생각했다. 좀 더 큰 아이라면, 좀 많이 더 큰 아이라면, 그럼 내가 설명을 해 줄 수 있을 텐데. 이 모든 게 얼마나 힘든지 내가 이해한다고. 언제나 함께 살아온 사람들, 구석구석을 다 아는 땅에서 주인으로서 자신들의 습관에 따라 서로의 주위에서 움직이던 사람들끼리 똘똘 뭉쳐서 사는 그 한가운데로 누가 갑자기 뚝 떨어진 게 아닌가. 그들 습관에 조금이라도 방해되는 것이 생기면 그들은 더욱 단합하고 더욱 단단해진다. 밖에서 오는 사람에게 섬은 끔찍할 수 있다. 모든 것이 완성되어 있고 자기 자리와 고집이 있으며, 여유롭고 자신들만으로 충분하다. 모든 일이 돌처럼 단단하게 굳어진 관습에 따라 이루어지는데, 한편으로는 마치 세상이 수평선에서 끝나기라도 하듯이 되는대로 하루하루를 살았다. 할머니는 너무나 깊이 생각하다 보니 감자도 베레니스도 다 잊어버렸다. 바람이 닿지 않는 해안을 넘어, 양쪽에서 섬으로 쓸려 오다가 합쳐져 육지 쪽으로 밀려드는 파도까지 멀리 바라보았다. 무너지는 파도의 길고 푸른 모습 뒤로는 쐐기 모양 골짜기의 조용한 물웅덩이가 약간 보일 뿐이었다. 피오르 반대편으로는 흰 수염을 길게 휘날리며 낚싯배가 한 척 지나갔다.

"아!" 할머니가 말했다. "배가 지나가네." 할머니는 베레니스가 어디 있나 둘러보았지만, 아이는 그사이에 나무 뒤로 완전히 숨었다. "아!" 할머니가 한 번 더 말했다. "저기 악당들이 오네. 숨어야겠어." 좀 힘이 들었지만 할머니는 나무 밑으로 들어가서는 속삭였다. "저기 봐. 저기 있잖아. 이리로 오고 있어. 이제 나를 따라서 안전한 곳으로 가야 해." 할머니는 바위를 넘어 기기 시작했고, 베레니스도 대단한 속도로 기어 왔다. 둘은 작은 월귤나무[2]를 돌아서 버드나무가 덤불을 이룬 곳까지 내려왔다. 덤불은 축축했지만 어쩔 수 없었다.

"좋아, 좋아." 할머니가 말했다. "일단은 안전해." 그러고는 베레니스의 얼굴을 바라보며 덧붙였다. "우리는 안전하다는 얘기야. 이제 우리를 못 찾을 거야."

"왜 악당들이라고 해요?" 베레니스가 속삭였다.

"우리를 방해하러 오니까 그렇지." 할머니가 대답했다. "우리는 이 섬에 사는 사람들이고, 여기로 오는 것들은 사양하겠어."

낚싯배는 지나갔다. 소피아가 두 사람을 찾아다녔다. 반

---

2 크랜베리와 비슷한 키 작은 관목이다.

시간을 찾아다닌 끝에야 두 사람이 한가롭게 올챙이를 놀래고 있는 모습을 보자 화가 났다. "여기 있었잖아!" 소피아가 소리쳤다. "여기저기 다 찾아다녔는데!"

"숨었지." 할머니가 설명했다.

"숨었어." 베레니스도 따라 했다. "아무도 여기 못 오게 할 거야." 베레니스는 할머니에게 딱 붙어서 걸으며 소피아를 뚫어지게 바라보았다.

소피아는 아무 말도 하지 않았고, 갑자기 방향을 틀어 달려가 버렸다.

섬은 쪼그라들어 좁아졌다. 소피아는 어디에 가도 다른 두 사람이 어디에 있는지를 잊을 수 없었고, 그들을 피하기 위해 먼 길을 돌아가야 했다. 두 사람이 사라지면, 이들에게서 도망치기 위해 이들이 어디에 있는지 찾아야 했다.

할머니도 점차 지쳐서, 손님방으로 가는 계단을 올라갔다. "이제 책 좀 읽어야지." 할머니가 말했다. "가서 소피아랑 좀 놀지 그러니."

"싫어요." 베레니스가 말했다.

"그럼 혼자 놀고."

"싫어요." 베레니스는 이렇게 말을 하고 다시 겁을 내기 시작했다.

할머니는 도화지와 목탄을 가져와서는 계단에 놓았다. "그림을 하나 그려 보렴." 할머니가 말했다.

"뭘 그릴지 모르겠어요." 아이가 대답했다.

"무서운 걸 그려 봐." 이제는 정말로 피곤해진 할머니가 말했다. "네가 그릴 수 있는 제일 무서운 걸 그려 봐라. 되도록 오랫동안 그려 봐."

그러고는 문을 닫아걸고 침대에 누워서 이불을 머리까지 덮었다. 남서풍이 멀리서 해안으로 살살 불어와 섬의 중심을 — 손님방과 장작 패는 곳 — 감싸고 돌았다.

소피아는 생선 상자를 창으로 끌어다가 올라서서 창문을 길게 세 번, 짧게 세 번 두드렸다. 할머니가 담요에서 나와 창문을 조금 열자 소피아는 결사에서 탈퇴하겠다고 선언했다. "핍사!" 소피아가 말했다. "핍사 같은 애한테는 관심 없어! 핍사는 지금 뭐 해?"

"그림을 그려. 자기가 할 수 있는 제일 무서운 걸 그리고 있지."

"그림 못 그릴 텐데." 소피아가 열을 내며 말했다. "내 도화지를 준 거야? 뭘 그릴 건데?"

창문이 꽝 하고 닫혔고, 할머니는 다시 돌아누웠다. 소피아는 매번 무시무시한 그림을 가지고 세 번을 돌아와서, 집 안쪽을 향해 유리창에 붙였다. 첫 번째 그림에서는 개미가 기어오르는데 머리가 엉망인 아이가 소리를 지르고 있었다. 두 번째 그림은 똑같은 아이가 머리에 돌을 맞는 그림이었다. 세 번째 그림은 난파선의 모습이었는데, 그것을 보고 할머니는 소피아가 이제 분노를 다 표출했다고 생각했다. 책을 다시 펴고 자리를 잡자, 문 밑으로 종이가 한 장 들어왔다.

베레니스의 그림은 괜찮았다. 꼼꼼한 분노라고 할 수 있겠는데, 얼굴이 검은 구멍인 어떤 동물의 그림이었다. 그 동물은 어깨를 높이 들고 앞으로 움직이고 있었다. 팔 대신에 길게 펼친 박쥐 날개가 있었는데 목 옆에서 시작해서 양쪽이 다 땅까지 닿아서, 이 날개가 흉측하고 다리가 없는 형체를 받치고 있는지 걸리적거릴 뿐인지 알 수 없었다. 너무나 무시무시하고 강렬한 그림이어서, 할머니는 감탄할 수밖에 없었다. 그래서 문을 열고 외쳤다. "잘했네! 아주 훌륭한 그림이야!" 하지만 아이를 바라보지도 않고 그림만 보았으며, 목소리도 상냥하다거나 칭찬하는 투는 아니었다.

베레니스는 계단에 앉은 채 돌아보지도 않았다. 작은 돌을 똑바로 공중으로 던지더니 일어서서 과장된 걸음걸이로 천천히 물가로 걸어갔다. 소피아는 장작 패는 곳에 올라가서 기다렸다.

"걔는 지금 뭐 하니?" 할머니가 물었다.

"바다에 돌 던져." 소피아가 말했다. "곶으로 나가네."

"잘됐네." 할머니가 말했다. "이리 와서 그림 좀 봐. 어떻게 생각하니?"

"아 뭐." 소피아가 대답했다.

할머니는 그림을 압정으로 벽에 박고 말했다.

"독창적이네. 이제 애를 좀 내버려 두자."

"애 그림 좀 그릴 줄 아는 거야?" 소피아가 어둡게 물었다.

"아니." 할머니가 대답했다. "아니라고 봐. 아마 뭐 하나 제대로 해내면 다시는 그렇게 못 하는 그런 부류인 거 같아."

풀밭

소피아가 할머니에게 하늘나라가 어떻게 생겼느냐고 묻자, 할머니는 저기 저 풀밭 같을지도 모른다고 대답했다. 둘은 길가의 풀밭을 지나가다가 서서 바라보았다. 더운 날이었다. 큰길은 하얗게 말라 곳곳이 갈라져 있었으며, 도랑 옆에서 자라는 풀들은 먼지를 뒤집어쓰고 있었다. 두 사람은 풀밭 안으로 들어가서, 먼지라고는 없는 높은 풀 사이에 앉았다. 블루벨과 적설초와 미나리아재비가 가득했다.

"천국에도 개미가 있을까?" 소피아가 물었다.

"아니." 할머니는 대답을 하고 조심스레 하늘을 향해 누워서, 모자를 덮고 잠시 눈을 붙이려고 해 보았다. 멀리서 농기계 소리가 평화롭게 계속 들려왔다. 기계 소리를 지우고 ─ 그건 별일도 아니었다. ─ 귀를 기울이면, 수억 마리 벌레가 오르락내리락하는 여름의 황홀한 파도로 온 세상을 채울 수 있었다. 소피아는 꺾어서 들고 다니던 꽃이 시들어 물렁거리자 할머니에게 주고, 동시에 기도하는 그 많은 사람들을 하느님이 어떻게 모두 다 챙길 수 있느냐고 물었다.

"아주아주 지혜로우니까." 할머니가 졸면서 모자 아래에서 웅얼거렸다.

"제대로 좀 대답해 봐." 소피아가 말했다. "어떻게 하냐고."

"비서들이 있지."

"하지만 문제가 생기기 전에 비서들하고 이야기할 시간이 없으면, 사람들이 기도하는 걸 어떻게 다 들어?"

할머니는 자는 척했지만, 손녀가 속지 않으리라는 것도 분명히 알았다. 그래서 결국 사람들이 기도하는 순간부터 누가 무슨 기도를 했는지 들을 때까지 그사이에 아무 위험한 일도 생기지 않도록 하신다고 말했다. 그러자 손녀는 사람이 소나무에서 떨어지면서 공중에서 기도하면 어떻게 되느냐고 물었다.

"하하." 할머니는 다시 기운이 나서 웃었다. "그럼 나뭇가지에 걸리게 하지."

"똑똑하네." 소피아가 인정했다. "이제 할머니가 물어 봐. 하지만 하늘나라에 관한 질문만 돼."

"천사들은 자기네가 무슨 종류인지 아무도 모르게 하려고 드레스를 입는다고 생각하니?"

"드레스를 입고 있는 거 뻔히 알면서 뭐 그렇게 바보 같은 질문을 해? 들어 봐. 다른 천사가 무슨 종류인지 알고 싶으면, 그냥 그 천사 아래로 날아가서 바지를 입었나 보면 되지."

"음." 할머니가 말했다. "그렇겠네. 이제 네 차례야."

"천사들은 날아서 지옥에 가도 돼?"

"물론이지. 거기 가면 친구와 친지들이 엄청나게 많은데."

"걸렸다!" 소피아가 외쳤다. "어제는 지옥이 없다고 했잖아!"

할머니는 화가 나서 일어나 앉아 말했다. "오늘도 생각은 그대로야. 하지만 이건 그냥 놀이잖아."

"놀이 아냐. 하느님 이야기를 하는 건 진지한 일이지."

"하느님은 지옥을 만드는 것 같은 어리석은 일은 절대 안 할 거야."

"당연히 했지."

"아냐, 안 했어."

"했어! 크고 어마어마한 지옥을 만들었다고!"

할머니는 화가 나서 너무 급히 일어났다. 풀밭이 온통 빙빙 돌았고, 균형을 잃을 뻔했다. 그래서 잠시 기다렸다가 말했다. "소피아. 이건 정말 싸울 문제가 아니야. 다 끝난 다음에 벌까지 받지 않아도 인생이 그 자체로도 충분히 힘들다는 건 너도 알겠지. 죽으면 위로를 받는 거야. 그런 거지."

"하나도 안 힘든데." 소피아가 외쳤다. "그리고 악마는 어쩔 거야? 악마는 지옥이 집인데!"

잠시 할머니는 악마도 없다고 말할까 했지만, 너무 골을 내지는 않기로 했다. 농기계의 무시무시한 소음이 들렸다. 할머니는 길로 돌아가다가 커다란 소똥을 밟았다. 손녀는 따라오지 않았다.

"소피아." 할머니가 재촉하듯 불렀다. "가게에 가면 자파 오렌지를 사 줄게."

"자파 오렌지라니." 소피아가 가소롭다는 듯이 따라 말했다. "하느님과 악마 이야기를 하는데 오렌지 생각을 할 수가 있다고 생각해?"

할머니는 할 수 있는 데까지 지팡이로 신발에서 소똥을 파내고는 말했다. "얘야, 나는 아무리 해도 이 나이에 악마를 믿지는 못하겠구나. 너는 네가 믿고 싶은 걸 믿어. 하지만 관용을 배우렴."

"그게 뭔데." 아이가 삐져서 물었다.

"다른 사람의 의견을 존중하는 거지."

"존중하는 건 또 뭐고!" 소피아가 외치며 발을 굴렀다.

"다른 사람이 믿고 싶은 걸 믿게 두는 거지!" 할머니가 외쳤다. "나는 네가 사탄을 믿게 두고 너는 나를 내버려 두는 거야."

"욕하네." 소피아가 속삭였다.

"안 했어."

"했어. 사탄이라고 했잖아."

둘은 더 이상 서로를 바라보지 않았다. 소 세 마리가 꼬리와 뿔을 흔들며 길을 걸어왔다. 파리 떼와 함께 소들은 마을을 향해 천천히 지나갔고, 주름진 엉덩이들을 흔들며 씰룩거렸다. 그렇게 소들은 지나가고, 침묵만이 남았다.

결국 소피아의 할머니가 말했다. "난 네가 모르는 노래를 알지." 그러고는 잠시 기다리다가 노래를 불렀다. 성대가 낡아서 음이 많이 틀렸지만. "타 랄라, 타 랄라, 소똥 던지지 마라, 타 랄라, 타 랄라, 내가 되돌려 던진다."

"뭐라고?" 소피아는 자기가 들은 말을 도저히 믿을 수 없어서 작은 소리로 되물었다. 그러자 할머니는 지저분한 노래를 그대로 한 번 더 불렀다.

소피아는 도랑을 뛰어넘어 마을 쪽으로 가면서 "아빠는 똥이라고 안 그러는데." 하고 어깨 너머로 뒤를 바라보고 말했다. "그런 말은 어디서 배웠어?"

"말 안 해." 할머니가 대답했다.

두 사람은 헛간까지 가서 울타리를 넘고는 뉘본다 씨의 우리를 지났다. 나무 아래에 있는 가게까지 가기도 전에 소피아는 그 노래를 배웠고, 할머니만큼 이상하게 부를 수 있었다.

베네치아 놀이

어느 토요일에 소피아에게 우편물이 왔다. 베네치아에서 온 그림엽서에는 소피아의 성과 이름 그리고 "양(孃)"이라고까지 써 있었다. 이 엽서의 반짝거리는 앞면에 인쇄되어 있는 것처럼 예쁜 그림을 식구들은 지금까지 누구도 본 적이 없었다. 분홍색과 금을 칠한 저택들이 어두운 물 위에 줄지어 서 있고 좁은 곤돌라에 달린 등불의 빛이 수면에 반사되었으며, 짙은 푸른빛 하늘에서 보름달이 빛났다. 아름답고 외로운 여인이 작은 다리 위에 서서 손으로 눈을 가리고 있었는데, 여기저기 적당한 곳에 진짜 금으로 장식되어 있었다. 엽서는 기압계 아래에 세워 놓았다.

소피아는 왜 이 집들이 물 위에 세워졌느냐고 물었고, 할머니는 점점 바다로 가라앉고 있는 베네치아에 대해 자세히 설명해 주었다. 할머니도 그곳에 가 보았으니까. 이탈리아 여행을 기억하자니 할머니는 기운이 나서 점점 더 많이 이야기를 했다. 가 보았던 다른 곳 이야기도 몇 번 해 보려 했지만, 소피아는 베네치아 이야기만, 물이 고여 냄새 나는 칙칙한 운하

이야기, 금으로 된 접시가 묻혀 있는 검고 부드러운 진흙 속으로 해마다 가라앉는 도시 이야기에만 관심이 있었다. 식사를 마칠 때마다 접시를 창밖으로 던지고, 꾸준히 파멸을 향해 가라앉는 집에 사는 건 어딘가 멋진 일이었다. "엄마, 저것 좀 봐." 하고 아름다운 베네치아 여자가 말한다. "오늘은 부엌이 물에 잠겼네."

"괜찮아, 애야." 엄마가 대답한다. "아직 살롱이 있잖니." 그러고는 아래층으로 엘리베이터를 타고 내려가 곤돌라를 타고 유유히 거리를 노 저어 나간다. 도시에 자동차라고는 없었다. 이미 다 진흙에 빠졌고, 다리 위에서는 사람의 발소리밖에 안 들렸다. 사람들은 밤새도록 걸어 다녔다. 가끔은 나지막한 음악 소리도 들려왔고, 덜컥 하고 어디선가 저택이 더 깊이 가라앉는 소리도 들렸다. 곳곳에서 진흙 냄새가 났다. 소피아는 오리나무 아래에서 암갈색으로 빛나는 진흙 웅덩이로 내려가서 이끼와 월귤나무 사이로 운하를 팠다. 소피아의 금반지에는 루비가 박혀 있었다. "엄마, 반지가 운하에 빠졌네."

"괜찮아, 애야. 살롱에 금과 보석이 가득하잖니."

소피아는 할머니에게 가서 말했다. "나를 딸이라고 불러 줘. 그럼 엄마라고 부를게."

"하지만 나는 네 할머니잖니." 할머니가 대답했다.

"아이, 엄마, 이건 놀이잖아." 소피아가 설명했다. "엄마, 엄마를 내 할머니라고 해 볼까? 나는 딸인데 베네치아 사람이라 운하를 만들었어."

할머니가 일어나서 말했다. "더 좋은 놀이가 있어. 우리가 새로운 베네치아를 건설하는 옛날 베네치아 사람들이라고 하자."

둘은 진흙 웅덩이부터 만들었다. 작은 나무토막을 많이 넣고 편편한 돌로 덮어서 나무 기둥 위의 산마르코 광장을 만들었고, 운하를 더 많이 파서 그 위에 다리를 놓았다. 불개미들이 다리 위로 오락가락했고, 다리 아래로는 달빛에 곤돌라들이 떠다녔다. 소피아는 물가에서 흰 대리석을 주워 모았다. "엄마, 이거 봐!" 소피아가 외쳤다. "저택을 또 하나 찾았어!"

"하지만 얘야, 난 네 아빠에게만 엄마란다." 할머니가 걱정스럽게 말했다.

"에잇!" 소피아가 외쳤다. "왜 아빠만 엄마라고 부르는데?" 소피아는 주운 저택을 운하에 던지고 가 버렸다.

할머니는 발사나무로 총독의 저택을 짓기 위해 베란다에 앉았다. 그리고 저택을 다 짓고 나자 수채화 물감과 금으로 칠까지 했다. 소피아는 와서 바라보았다.

"여기 엄마하고 아빠하고 아이가 살아." 할머니가 말했다. "여기 이 창문이 있는 집에 말이지. 아이는 방금 도자기를 창밖으로 던졌어. 도자기니까, 광장에 떨어져서 깨졌지. 엄마가 뭐라고 말했을지 궁금하네."

"엄마가 뭐라고 했을지 알겠어." 소피아가 대답했다. "엄마는 '얘야, 넌 엄마한테 도자기가 셀 수도 없이 많다고 생각하니?'라고 했을 거야."

"그럼 아이는 뭐라고 말했을까?"

"아이는 '엄마, 앞으로는 금으로 된 접시만 던질게요.'라고 했을 거야."

두 사람은 광장에 저택을 세웠고, 아빠와 엄마와 아이는 계속 거기에서 살았다. 할머니는 저택을 더 지었다. 더 많은 가족들이 베네치아로 살러 왔고, 운하 맞은편에 있는 사람들

을 향해 이런저런 말들을 외쳤다. "너네 집은 오늘 얼마나 더 가라앉았니?"

"아, 뭐, 별로 심각하지 않아. 엄마 말로는 삼십 센티미터도 안 된대."

"너네 엄마는 오늘 무슨 음식을 해?"

"농어." ……그리고 밤에는 다들 다닥다닥 붙어서 잤고, 다리를 건너는 개미들의 발소리만 들렸다.

할머니는 점점 더 신이 났다. 호텔과 식당, 위에 작은 사자가 올라앉은 종탑을 지었다. 베네치아에 산 지는 이미 오래되었지만, 거리들의 이름이 겨우 기억났다. 어느 날은 초록색 도롱뇽이 카날 그란데(대운하)에 앉아 있어서 다들 우회해야 했다. 그날 저녁부터 비가 오기 시작했고, 바람이 남동풍으로 바뀌었다. 라디오에서는 저기압이니 보퍼트 풍력 계급 6[3]이니 하는 말이 흘러나왔고, 아무도 더 이상 아까의 일을 생각하지 않았다. 하지만 평소처럼 밤에 잠이 깨고 빗줄기가 지붕을 치는 소리가 들리자 할머니는 가라앉는 도시가 생각나 걱정이 되었다. 바람이 세게 불었고, 습지와 바다 사이에는 해안의 풀밭 외에 아무것도 없었다. 잠시 잠이 들었다가 다시 깬 할머니는 베네치아와 소피아 생각을 했고, 또 빗소리와 파도 소리가 들렸다. 날이 밝아지자 할머니는 일어나서 잠옷 위에 우비를 걸치고 방수모를 썼다.

비는 좀 잦아들었지만 바닥은 축축하고 어두웠다. 할머니는 뜬금없이 이제 모든 것이 잘 자라겠다는 생각이 들었고, 지팡이를 꼭 붙잡고는 바람을 무릅쓰고 걸어 나갔다. 회색 하늘

---

3   대략 초속 11~13미터.

에 아름답게 동이 트는 사이로 긴 비구름들이 나란히 떠갔다. 암녹색 바다는 흰 거품을 품었다. 할머니의 눈에는 물에 잠긴 해안의 풀밭과 소피아가 바위를 넘어 달려오는 모습이 즉시 보였다.

"물에 잠겼어!" 소피아가 외쳤다. "사라져 버렸어!"

놀이집은 열려 있었고, 문이 문틀을 쳤다.

"가서 누우렴." 할머니가 말했다. "옷이 젖었으니 벗고 가서 누워라. 저택은 내가 찾을 테니까. 꼭 찾는다고 약속할게."

소피아는 입을 벌린 채 울음을 멈추지 않았다. 할머니는 소피아가 자러 들어가는지 확인하기 위해 함께 놀이집으로 들어갈 수밖에 없었다. "저택을 찾아 줄게." 할머니는 그 말을 반복했다. "그만 울고 자라." 그러고는 문을 닫고 갔다. 할머니가 바닷가로 내려가 보니 습지는 이미 물이 들어와서 만으로 변해 버렸다. 파도는 월귤나무 있는 곳까지 들어왔다가 다시 바다로 돌아갔고, 오리나무는 저 멀리 물속에 서 있었다. 베네치아가 물에 잠긴 것이다.

할머니는 그 자리에 멈추어 서서 오래도록 바라보다가 돌아서서 집으로 갔다. 등을 켜고는 적당한 발사나무 한 토막과 연장을 꺼내고 안경을 썼다.

총독 저택은 7시에 만들어졌고, 바로 그때 소피아가 문을 두드렸다.

"잠깐만 기다려." 할머니가 말했다. "문고리가 걸려 있으니까."

"찾았어? 아직도 있어?" 소피아가 외쳤다. "그럼, 그럼. 다 남아 있어." 할머니가 대답했다.

저택은 지나치게 새집으로 보였다. 홍수 따위는 겪은 적도 없는 것 같았다. 할머니는 얼른 물잔을 들어 저택에 부었다. 할머니가 재떨이에 있는 담뱃재를 손에 털고 돔과 벽에 문지르는 내내 소피아는 문에 매달려서 들여보내 달라고 했다. 할머니는 문을 열고 말했다. "운이 좋았지!"

소피아는 저택을 자세히 뜯어보았다. 머리맡 테이블에 얹어 놓고는 아무 말도 하지 않았다.

"다 제대로 되었지?" 할머니가 조심스럽게 물었다.

"쉿!" 소피아가 말했다. "아직 있는지 들어 봐야 해."

두 사람은 한참을 귀를 기울였다. 그러고 나서 소피아가 말했다. "걱정할 필요 없어. 엄마가 그러는데, 날씨가 굉장히 나빴대. 지금은 집을 청소하는데, 아주 피곤하대."

"그래, 피곤하겠지." 할머니가 말했다.

고요

선외 모터만 달린 작은 배가 쿰레트까지 나갈 수 있을 정도로 바람이 잔잔한 날은 아주 드물었다. 쿰레트는 핀란드만의 가장 바깥쪽 바위섬이었다. 거기까지 가려면 몇 시간이나 걸렸고, 하루 종일 먹을 도시락을 가지고 가야 했다. 쿰레트는 길쭉한 바위섬인데, 멀리서 보면 두 개처럼 보였다. 평평한 두 개의 등허리처럼 보이는 섬 하나에는 항로 표지가, 다른 하나에는 등대가 서 있었다. 쿰레트는 돌무더기라는 뜻이지만, 사실 섬에 돌무더기라고는 없었다. 가까이 와서 보면 섬의 양쪽 등마루는 물개처럼 매끈했고, 길고 가늘게 늘어선 자갈돌로 연결되어 있었다. 자갈돌들은 둥글둥글했다.

바다는 기름처럼 매끄럽게 반짝였고, 너무나 창백해서 원래 지니고 있는 푸른빛은 거의 보이지 않았다. 할머니는 보라색 파라솔을 쓰고 배 가운데에 앉아 있었다. 할머니는 보라색을 싫어했지만 다른 파라솔이 없었고, 그래도 예쁘고 바다처럼 밝은 색깔이었다. 파라솔 때문에 일행은 못 말리는 관광객들처럼 보였지만 사실 관광객은 아니었다. 바람이 막힌 자리랄 게 따로 없이 어디든 다 바람이 없었으므로, 식구들은 아무데나 배를 대고는 버터를 그늘에 놓았다. 발밑의 바위는 뜨거웠다. 아빠는 바위 틈새에 파라솔을 꽂았다. 할머니가 공기를 넣은 매트리스에 누워 편안히 쉴 자리였다. 할머니는 아빠와 소피아가 제 갈 길을 가는 모습을 바라보았다. 섬은 커서, 두 사람은 금세 해안을 따라 움직이는 작은 점이 되었다. 그러자 할머니는 파라솔 아래에서 기어 나와 지팡이를 들고 자기 갈 길을 갔다. 하지만 마치 자고 있는 것처럼 보이도록 떠나기 전에 스웨터와 가운을 매트리스 위에 뭉쳐 놓았다.

할머니는 바닷가의 특별한 장소까지 내려왔다. 물놀이를 하기에 좋은 바위들 사이를 협곡이 가로지르는데, 한낮임에도 그늘져 있었고, 바다에까지 어둠의 골짜기처럼 뻗어 있었다. 할머니는 바위에 앉아서 조금씩 조금씩 미끄러져 내려가 협곡에 완전히 혼자 들어앉았다. 거기에서 담배에 불을 붙이고, 거의 표면으로 드러나지 않는 모래 언덕을 관찰했다. 시간이 좀 흐르고 나니 곶 뒤로 배가 나타났다. 아빠는 암초를 피해 그물을 던졌다.

"아, 할머니 여기 있었네." 소피아가 말했다. "나 수영했어."

"물이 차?" 할머니가 물었다. 올려다보니 아이는 역광을 받아 가냘픈 그림자, 작은 막대기처럼 보였다.

"뒈지게 차." 소피아는 대답하고 틈새로 뛰어내렸다. 바위 틈새는 둥근 자갈로 가득했다. 어떤 것들은 머리통만 했고, 작은 것들은 유리구슬만 했다. 할머니와 소피아는 아주 작은 석류석이 박힌 돌이 때때로 나오는 장소를 찾아냈고, 주머니칼로 이 석류석들을 파내려고 해 보았다. 하지만 맘대로 안 되었다. 된 적이 없었다. 두 사람은 마른 빵을 먹고 배를 구경했다. 그물을 다 친 배는 방향을 돌려 곶 뒤로 사라졌다.

"할머니, 모든 게 이렇게 다 괜찮으면 가끔씩은 돼지게 지루해."

"그래?" 할머니가 말하며 담배를 새로 꺼냈다. 열두 개 중 이제야 두 개째를 꺼낸 것이었다. 언제나 남들 모르게 담배를 피우려고 했으니까.

"아무 일도 안 일어나잖아." 손녀가 말했다. "항로 표지에 기어오르려고 했더니 아빠가 안 된대."

"안 됐네." 할머니가 말했다.

"아니야." 소피아가 말했다. "안 된 게 아니지. 돼질 일이지."

"돼진다는 말은 어디서 배웠냐? 아까부터 그 말을 쓰는데."

"몰라. 괜찮게 들리잖아."

"보라색은 돼질 색깔이지." 할머니가 말했다. "한번은 진짜로 돼진 동물을 발견한 적이 있어. 돼지였지. 일주일 내내 뼈를 삶았어. 냄새가 끔찍했지. 네 아빠가 뼈를 가지려고 했거든. 학교에 가져가려고. 생물 수업 때문에 말이야. 알아들었니?"

"아니." 소피아가 못 믿겠다는 듯이 말했다. "무슨 말이야? 무슨 학교?"

"아빠가 어릴 때 얘기지."

"어리다니 무슨 말이야? 그리고 돼지는 무슨 돼지? 이름이 뭐였다고?"

"에이, 아무것도 아니야." 할머니가 말했다. "아빠가 너만큼 작았을 때 말이야."

"아빠는 크잖아." 아이는 이렇게 말하고 발가락 사이의 모래를 닦기 시작했다. 할머니와 손녀는 각자 침묵 속으로 피해 버렸다. 잠시 후 할머니가 말했다. "아빠는 내가 지금 저 웃기는 파라솔 밑에서 잠을 잔다고 생각하겠지."

"하지만 그건 사실이 아니지." 소피아가 말했다. "여기서 몰래 담배를 피우고 있잖아."

둘은 아직 덜 깎인 돌멩이를 골라 더 둥글어지라고 물속으로 던졌다. 태양은 계속 움직였다. 배가 다시 곶에 나타났고, 그물을 거두어들이더니 바로 다시 내렸다.

"운도 뒈지게 없네." 할머니가 말했다.

"자." 소피아가 말했다. "이제 할머니랑 있을 시간이 없어. 오늘 아직 물에 두 번밖에 안 들어갔단 말야. 할머니 안 섭섭하지?"

"나도 헤엄칠래." 할머니가 말했다.

소피아는 생각을 하더니 말했다. "헤엄쳐도 돼. 하지만 내가 말하는 데서만."

둘은 서로 도와 바위틈에서 나왔고, 눈에 뜨이지 않으려고 바위를 돌아서 갔다. 항로 표지를 비스듬히 돌아간 뒤쪽에는 바위에 깊이 파인 웅덩이가 있었다.

"여기 괜찮아?" 소피아가 물었다.

"괜찮아." 할머니가 말하고는 맨발로 물로 들어갔다. 물은 따뜻하고 잔잔했다. 뭔가 가벼운 갈색의 물체가 수면에 흔들거렸고, 치어도 한 떼 올라왔다가 다시 잠잠해졌다. 할머니는 발가락을 벌리고 더 아래를 디뎠다. 웅덩이의 좁은 쪽 끝에 좁쌀풀이 자라고 있었고, 화강암 사이사이 톳이 자라나 있었다. 아빠는 섬의 반대쪽 끝에 불을 붙였고, 연기가 공중으로 바로 올라왔다.

"내 생각에는." 할머니가 말했다. "내 생각에는, 내가 여기 섬들 사이에서 보낸 세월 동안 이렇게 바람이 없었던 적은 없는 것 같다. 대개 바람이 조금이라도 있지. 폭풍이 불 때만 바다로 나갔어. 우린 스플릿 세일(Split sail)이 있었어. 그이가 배를 몰고, 나는 어둠 속에서 항로 표지가 어디 있나 찾아야 했지. 내가 따라가기 힘들었어. '북쪽에 표지가 있어.' 하고, '서쪽에 있어.' 하고, 그렇게 빨리 지나갔어. 그러다가 키가 헐거워져서……."

"그래서 머리핀으로 고쳤지."

할머니는 발로 웅덩이 속의 물을 건드리며 아무 말도 하지 않았다. "아니면 옷핀이었나?" 소피아가 다시 말을 시작했다. "어떤 날에는 잘 모르겠어. 키에 앉은 사람이 누구였어?"

"물론 네 할아버지지." 할머니가 말했다. "그러니까, 내가 결혼했던 남자."

"할머니 결혼했어?" 소피아가 깜짝 놀라 외쳤다.

"뒈지게 바보 같은 소리." 할머니가 웅얼거렸다. 그리고 큰 소리로 말했다. "집안에 대해서 네 아빠가 너한테 설명을 좀 해 줘야겠구나. 종이 한 장 갖다가 그려 달라고 해. 혹시 관심이 있다면 말이다."

"관심 없을 거 같은데." 소피아가 부드럽게 말했다. "지금은 다른 계획이 있어."

항로 표지는 아주 높았다. 흰색으로 칠해져 있고 가운데에는 붉은 삼각형이 그려져 있었다. 디딤판 사이의 거리는 간신히 다리가 닿을 정도였고, 한 단 한 단을 디디고 나면 무릎이 떨렸다. 많이 떨리지는 않았지만, 멈출 때까지 기다려려 했다. 그러고 나면 그다음 단이 기다리고 있었다. 할머니가 소피아를 찾았을 때는 이미 거의 다 올라간 다음이었다. 할머니는 소리를 지르면 안 된다는 것을 바로 느꼈다.

아이가 내려올 때까지 기다려야 했다. 어린아이들에겐 아직 원숭이 기질이 많이 남아 있어서 위험하지 않았다. 아이들은 꼭 붙잡을 줄 알고, 누가 놀라게 하지만 않으면 떨어지지 않는다.

소피아는 단과 단 사이에서 쉬어 가며 아주 천천히 기어 올라가고 있었고, 할머니는 아이가 겁이 났다는 사실을 알아차렸다. 할머니는 너무 급히 일어났고, 지팡이는 굴러서 웅덩이에 빠졌다. 바위는 할머니에게 적대적으로 등을 내밀고 있는 위험한 장소가 되어 버렸다. 소피아는 더 기어 올라갔다.

"잘 한다!" 할머니가 외쳤다. "조금만 더 가면 되겠네!"

소피아는 계속 올라가서는 양손으로 마지막 디딤판을 붙잡고는 더 이상 움직이지 않았다.

"이제는 내려와야지." 할머니가 말했다.

하지만 아이는 움직이지 않았다. 햇빛이 뜨거워서 항로 표지는 아른거리고 윤곽선들도 출렁였다.

"소피아." 할머니가 말했다. "지팡이가 웅덩이에 빠져서 못 일어나겠어." 조금 기다렸다가 다시 외쳤다. "뒈지게 아파! 들려? 뒈지게 어지럽다고! 지팡이가 꼭 있어야겠는데!"

소피아는 기어 내려오기 시작했다. 조용히 꾸준히, 한 단씩 차근차근.

'얼어 죽을.' 할머니가 생각했다. '지긋지긋한 녀석 같으니라고. 하지만 이건 다 애한테 재밌는 일이라면 뭐든지 못 하게 하니까 이렇게 된 거지. 나이 든 인간들이.'

소피아는 바위까지 내려왔다. 웅덩이로 물을 헤치고 들어

가서는 지팡이를 들고 와서 눈도 안 마주치면서 할머니에게 주었다.

"기어 올라가는 거 잘하네." 할머니가 무뚝뚝하게 말했다. "그리고 용기도 있고. 아까 겁내는 거 봤거든. 아빠한테 얘기할까, 말까?"

소피아는 어깨를 높이 으쓱하더니 할머니를 바라보았다. "할머니만 알아도 그걸로 충분할지 모르지." 소피아가 말했다. "하지만 죽을 때는 다른 사람한테 말해도 돼."

"뒈지게 훌륭한 아이디어네." 할머니가 대답했다. 그러고는 바위를 넘어가서 매트리스 옆에 앉았다. 보라색 파라솔 그늘의 바로 바깥에.

고양이

처음 왔을 때 고양이는 아주 작았고, 젖병에 든 우유밖에 마시지 못했다. 다행히 소피아의 젖병이 아직 다락에 있었다. 처음에는 고양이한테 티코지[4]를 덮어서 따뜻하게 재웠고, 자기 다리를 쓸 줄 알게 되고부터는 놀이집의 소피아 침대에서 자게 했다.

고양이는 회색의 고기잡이 살쾡이였고, 빨리 자랐다. 어느 날 고양이는 놀이집에서 나와 집으로 이사를 들어와서는 침대 밑에 있는 설거지통에서 밤을 보냈다. 이때부터 고집이 있었다. 소피아는 고양이를 다시 놀이집으로 들어다 놓고 온갖 감언이설을 해 보았지만, 소피아가 애정을 보일수록 고양이는 더 빨리 설거지통에 와서 앉아 있었다. 설거지통이 그릇으로 가득 차면 고양이는 야옹거렸고, 그럼 누군가가 설거지를 해야 했다. 고양이의 이름은 '마 프티트(Ma Petite)'였지만 다들 마페라고 불렀다.

---

4   찻주전자용 보온 덮개.

"사랑은 참 이상해." 소피아가 말했다. "사랑은 줄수록 돌려받지 못해."

"정말 그래." 할머니가 말했다. "그럼 어떻게 하지?"

"계속 사랑해야지." 소피아가 위협하듯이 말했다. "더욱더 많이 사랑해야지."

할머니는 한숨을 쉬고 아무 말도 하지 않았다.

소피아는 마페를 고양이가 좋아할 만한 곳 여기저기로 데려다 놓았지만, 마페는 한 번 쳐다만 보고는 걸어가 버렸다. 소피아가 안아 주어도 예의상 참아 주고는 다시 설거지통으로 돌아갔다. 깊은 비밀을 털어놓았지만 고양이는 노란 눈을 돌려 버렸다. 먹고 자는 일 외에 세상 어느 것에도 관심이 없는 듯했다.

"할머니." 소피아가 말했다. "가끔은 내가 마페를 미워한다는 생각이 들어. 더 이상 마페를 사랑할 힘이 없는데, 그래도 계속 마페 생각만 나."

소피아는 몇 주일 동안 고양이를 따라다녔다. 부드럽게 말을 걸고 위로와 이해를 선사했다. 하지만 아주 가끔 인내심이 한계에 도달했고, 그러면 잠깐 화를 내며 고양이의 꼬리를 잡아당겼다. 마페는 그럴 때마다 식식거리며 집 아래로 달려갔다. 그러고 나면 고양이는 입맛도 돌았고, 상상하기도 어려운 부드러움에 감싸 안긴 채 앞발을 얌전하게 코 위에 놓고 늦잠도 잤다.

소피아는 더는 놀 수도 없었고, 악몽을 꾸기 시작했다. 고양이 말고는 아무것도 생각할 수 없었다. 그러는 사이 고양이는 점점 자라 좀 작고 마른, 야성적인 고양이가 되었다. 어느 6월의 아름다운 밤 고양이는 설거지통으로 돌아오지 않았고,

다음 날 아침에 돌아와서는 몸을 뻗었다. 먼저 앞다리를 뻗고 허리를 위로 올리더니, 뒷다리도 마저 뻗고는 눈을 감고 발톱을 그네에 긁었다. 그러고는 자려고 침대로 뛰어올랐다. 고양이의 몸 전체에서 여유 있는 자만심이 발산되었다.

'사냥을 시작했군.' 하고 할머니는 생각했다.

사실이 그랬다. 다음 날 아침 고양이는 집으로 돌아와서 회색과 노란색의 작은 새 한 마리를 문턱에 놓았다. 목은 깨끗하게 베어 물었고, 빛나는 깃 위에는 붉은 핏방울이 반짝거렸다. 소피아는 창백해졌고, 살해당한 새를 똑바로 바라보았다. 굳어진 종종걸음으로 살해자 마페의 곁을 지나더니 뒤로 돌아서 밖으로 나가 버렸다.

나중에 할머니는, 고양이 같은 육식 동물이 새와 쥐의 차이를 이해하지 못하는 건 참 이상한 일이라고 말했다.

"그럼 머리가 나쁜 거지." 소피아가 짧게 대답했다. "쥐는 징그럽고 새는 예뻐. 사흘 동안 마페하고 말 안 할 거야." 그러고는 고양이와 더 이상 말을 하지 않았다.

고양이는 밤마다 숲으로 나갔고 아침이면 칭찬을 받고 싶어서 포획물을 집으로 끌고 돌아왔지만, 새는 매번 바다로 던져졌다. 그러고 나면 잠시 후 소피아가 창밖에 서서 소리를 쳤다. "들어가도 돼? 시체 치웠어?" 소피아는 마페에게 화를 내고 일을 과장해서 고통을 더 키웠다. 가끔씩은 소리를 질렀다. "핏자국 닦았어?" 혹은 "오늘은 얼마나 살해를 당했어?" 하고. 아침 커피는 더 이상 전과 같지 않았다.

결국 마페가 자신의 죄를 감추는 법을 배우자, 상황은 훨씬 나아졌다. 흐른 피를 보는 것과 피가 흘렀다는 사실을 아는 것은 서로 다른 일이니까. 마페도 소피아가 소리 지르고 야

단법석 떠는 게 지겨워졌거나 식구들이 자기 새를 먹어 버렸다고 생각했는지도 모른다. 어느 날 아침 할머니가 베란다에서 그날의 첫 담배를 피우려고 했을 때, 파이프가 떨어져서 바닥의 틈새로 빠졌다. 거기서 마루 한 장을 들었을 때, 할머니의 눈에 마페의 업적이 들어왔다. 깨끗하게 긁어 먹은 자그마한 골격들이 남아 있었다. 고양이가 계속 사냥을 해 왔다는 걸 알고는 있었지만, 그다음에 마페가 곁을 지나가다가 그녀 다리에 몸을 비볐을 때 할머니는 옆으로 비키면서 "이 약아빠진 악마!" 하고 속삭이지 않을 수 없었다. 잉어가 들어 있는 고양이 밥그릇은 쳐다보지도 않아서 파리만 꼬였다.

"있지, 마페는 안 태어나는 게 나았을 거야." 소피아가 말했다. "아니면 내가 안 태어났거나. 그게 훨씬 낫지."

"너네 아직도 서로 말 안 하냐?" 할머니가 물었다.

"한마디도 안 하지." 소피아가 대답했다. "어떻게 해야 될지 모르겠어. 내가 만약에 마페를 용서해도…… 마페는 신경도 안 쓸 텐데, 그럼 그게 무슨 재미가 있겠어?" 할머니는 딱히 할 말이 생각나지 않았다.

마페는 들고양이가 되어, 집에는 아주 가끔만 왔다. 고양이에게는 섬과 같은 빛깔, 노르스름한 잿빛에 얼룩 줄무늬가 있어서 바위, 아니면 바다 밑 모래에 아롱지는 햇빛을 생각나게 했다. 고양이가 해안의 풀 사이를 지나갈 때면 그 움직임은 마치 풀대 사이에서 바람이 유희하는 것 같았다. 고양이는 몇 시간 동안 수풀 속에 숨어 있었다. 몸은 꼼작도 안 했고 뾰족한 두 개의 귀가 석양 아래 서 있다가 한순간 사라지고…… 아주 짧게 삑 하는 소리가 딱 한 번 들렸다. 온통 비에 젖은, 꼬챙이처럼 가는 몸뚱이가 굽어진 전나무 아래로 사라졌다. 해가 다시 뜨면 아주 기분 좋게 몸단장을 했다. 마페는 아주 행복한 고양이였지만, 그 행복을 누구와도 나누려 하지 않았다. 더운 날이면 매끈하고 편편한 바위 위에 웅크렸고, 가끔씩은 풀을 뜯어 먹고 고양이답게 마음 편히, 여유롭게 자기 털을 뱉었다. 다른 시간에 뭘 했는지는 아무도 몰랐다.

어느 토요일, 외베르고르드 가족이 커피를 마시러 왔다. 소피아는 바닷가로 내려가서 배를 보았다. 배는 컸고 자루와 물통과 바구니로 가득했는데, 바구니 하나에는 고양이가 야옹거리고 있었다. 소피아가 덮개를 열었더니 고양이가 손을 핥았다. 크고 흰 고양이였고, 얼굴이 납대대했다. 소피아가 팔에 안고 육지로 데려오는 내내 고양이는 그치지 않고 골골거렸다.

"아, 고양이를 찾았구나." 안나 외베르고르드가 말했다. "착한 고양이지만 쥐는 못 잡아서 엔지니어 댁에 줄까 했지."

소피아는 묵직한 고양이를 안고 침대에 앉았고, 고양이는 내내 골골거렸다. 고양이는 부드럽고 따뜻하고 순했다.

간단한 일이었다. 럼주 한 병을 보증금으로 교환이 이루어졌다. 마페는 붙들렸고, 외베르고르드의 배가 마을로 떠난 다음에야 상황을 파악했다.

새 고양이의 이름은 스반테였다. 스반테는 잉어 살을 먹었고, 쓰다듬어 주면 좋아했다. 고양이는 집 안으로 들어와서 밤마다 소피아의 품 안에서 잤으며, 아침이면 커피를 마실 때 쫓아와서 다시 난롯가의 침대에서 잠을 잤다. 해가 나면 따뜻한 바위에 몸을 웅크렸다. "거기는 안 돼!" 소피아가 외쳤다. "거기는 마페 자리야!" 소피아는 고양이를 안아서 좀 떨어진 곳으로 데려갔고, 고양이는 아이의 코를 핥고는 새 자리에 마음 편히 몸을 웅크렸다.

아주 아름다운 여름이었다. 평안하고 맑은 날들이 이어졌다. 밤이면 스반테는 소피아의 볼에 주둥이를 비비며 잤다.

"난 좀 이상해." 소피아가 말했다. "날이 좋으면 짜증이 나는 거 같아."

"그래?" 할머니가 말했다. "그건 네 할아버지하고 똑같구나. 할아버지도 폭풍을 좋아했지." 하지만 소피아는 할머니가 말을 더 하기도 전에 가 버렸다.

그리고 점점 바람이 몰려왔다. 저녁에는 조심스레 몇 번 불더니 아침이 되자 상당한 남서풍이 되어서 물거품이 바위 위로 날아왔다.

"일어나." 소피아가 속삭였다. "귀염둥이, 일어나! 폭풍이 분다."

스반테는 침대에서 뜨뜻해진 다리를 사방으로 뻗으며 기지개를 켰다. 침대 시트는 온통 고양이 털 천지였다.

"나와!" 소피아가 외쳤다. "폭풍이라니까!" 그래도 고양이는 뚱뚱한 배를 깔고 눕기만 했다. 그러자 소피아는 갑자기 어마어마하게 화가 났다. 그래서 문을 발로 차서 열고 고양이를 바람에 던지고는 고양이가 귀를 납작하게 젖히는 모습을 보며 외쳤다. "사냥해! 뭐라도 해 봐! 고양이처럼 행동해 보라고!" 그러고는 울음을 터뜨리고 손님방으로 가서는 문을 두드렸다.

"뭐냐." 할머니가 말했다.

"마페, 다시 데려와!" 소피아가 소리를 질렀다.

"그럼 어떻게 되는지 알잖니." 할머니가 말했다.

"끔찍해지지." 소피아가 심각하게 말했다. "하지만 내가 사랑하는 건 마페야."

그래서 고양이는 다시 바뀌었다.

동굴

제일 큰 섬의 만 깊은 곳 모래밭에서는 풀이 자라고 있었다. 키는 작았고 아주 푸르렀다. 그 풀뿌리는 세상에서 가장 강한 것이어서, 서로 모여 단단하게 매듭을 짓고 한 덩어리가 되어 어떤 파도도 이겨 낸다. 큰 물결은 바다에서 모래밭까지는 마음껏 넘실거리지만, 만 안쪽에서는 풀에 부딪혀서 넓게 퍼졌다. 모래는 파도가 파낼 수 있었지만, 풀이 난 언덕은 다만 높이가 낮아지고 새로운 위치에 굴곡이 생길 뿐이었다. 바다로 한참 들어가서도 발밑에서 풀을 느낄 수 있었으며, 물풀 사이에서도 풀은 자라났다. 육지로 들어오면 마가목, 쐐기풀, 메꽃과 염분을 좋아하는 온갖 식물들이 원시림을 이루고 있었다. 이 원시림은 수풀이 촘촘하고 키가 컸으며, 주로 물풀과 죽어서 썩은 물고기에서 양분을 섭취했다. 숲은 퍼져 나갈 수 있는 데까지 퍼져 나갔고, 더 이상 넓어질 수 없자 갯버들, 마가목, 오리나무와 머리를 맞댔다. 팔을 펴고 숲속을 지나가면, 마치 헤엄을 치는 느낌이었다. 귀룽나무와 마가목, 특히 마가목은 꽃이 피면 고양이 소변 냄새가 났다.

소피아는 커다란 가위로 원시림 사이에 길을 냈다. 마음이 내킬 때 끈기 있게 일을 했고, 아무도 그 길에 대해서는 몰랐다. 처음에 그 길은 널리 알려진 큰 덤불, 해당화라고 하는 꽃을 돌아서 갔다. 어떤 폭풍도 견디지만 아무 때나 마음대로 지는 해당화나무에 커다란 홑겹 꽃이 피면 사람들은 마을에서 구경을 왔다. 파도는 높은 곳까지 올라와 뿌리껍질을 하얗게 벗겼고, 가지에는 물풀이 걸려 있었다. 해당화는 칠 년이 지나면 염분과 척박한 땅에 못 이겨 수명을 다했지만, 그 주위에서 바로 다음 세대가 꽃을 피우고 모든 것이 원래 모습으로 돌아갔다. 그저 한 걸음 더 안쪽으로 들어갔을 뿐이었다. 길을 계속 따라가면 뚫기 힘든 쐐기풀 지대를 지나 오리나무 아래에서 마가목, 좁쌀풀과 마주쳤고, 숲이 시작하는 곳에는 귀룽나무가 있었다. 적당한 날 적당한 바람이 불면, 귀룽나무 아래에서 꽃잎이 한꺼번에 머리 위로 떨어지는 것을 경험할 수 있었다. 하지만 진딧물이 있을 수 있으니 조심해야 했다. 진딧물은 내버려 두면 가만히 있었지만, 가지를 조금만 흔들어도 바로 나타났다.

귀룽나무를 지나면 전나무와 이끼가 나왔고, 언덕을 올라가면 매번 동굴 앞에서 경탄하게 되었다. 동굴은 갑자기 나타났다. 동굴은 좁고 퀴퀴한 냄새가 났으며, 벽은 검고 축축했는데, 깊숙이 들어가면 제단이 하나 있었다. 초록색 이끼는 벨벳처럼 촘촘하고 고왔다.

"나 할머니가 모르는 거 안다." 소피아가 말했다. 할머니는 추리 소설을 내려놓고 기다렸다.

"내가 뭘 아는지 알아?" 소피아가 따져 물었다.

"모르지." 할머니가 말했다.

두 사람은 노를 저어 가서 배를 돌에 묶어 놓고는 해당화 덤불을 지나 기어갔다. 할머니는 어지러워서 걷기보다는 기려고 했다. 아무래도 비밀의 길을 가기에 좋은 날이었다.

"여기에 엉겅퀴가 있는데." 할머니가 말했다.

"내가 그랬잖아." 소피아가 대답했다. "더 빨리 기어. 조금 남았으니까." 두 사람이 마가목과 좁쌀풀과 귀룽나무가 있는 곳까지 왔을 때, 소피아가 말했다. "이제 좀 쉬고 담배 하나 피워도 돼." 하지만 성냥을 집에 두고 왔다. 두 사람은 귀룽나무 아래 누워서 사색에 잠겼고, 소피아는 제단엔 무엇을 놓느냐고 물었다.

"좋은 거, 특별한 걸 놔야지." 할머니가 말했다.

"예를 들면?"

"음, 이런저런 거……."

"좀 제대로 말해 봐!"

"지금은 모르겠어." 몸이 불편한 할머니가 대답했다.

"금을 왕창 놓으면?" 소피아가 제안을 했다. "하긴 그건 별로 특별한 물건이 아니지."

두 사람은 전나무 사이를 기어갔다. 동굴 앞에서 할머니는 이끼에 토하고 말았다.

"가끔 이런 일도 있을 수 있지." 소피아가 말했다. "루파트로[5]는 먹었어?"

할머니는 뻗어 누웠고, 아무 말도 없었다.

잠시 후 소피아가 속삭였다. "오늘은 할머니한테 시간을 좀 내줄게."

5   신경 안정제.

전나무 아래는 기분 좋게 서늘했고 아무도 말리지 않았으므로, 둘은 잠시 낮잠을 잤다. 잠에서 깬 두 사람은 동굴 입구까지 기어갔는데, 할머니는 몸이 너무 커서 들어갈 수가 없었다. "들어가서 보고 어떻게 생겼는지 말해 줘." 할머니가 말했다.

"녹색이야." 소피아가 알려 주었다. "그리고 퀴퀴한 냄새가 나고 아주 아름다운데, 뒤쪽은 거룩한 곳이야. 거기 상자나 뭐 그런 거 안에 하느님이 사시니까."

"아하." 할머니가 말하고 머리를 들어가는 데까지 쑥 박았다. "저기 저건 뭐지?"

"그냥 오래된 버섯 몇 개." 소피아가 대답했다.

할머니가 보니 송이버섯이었다. 그래서 할머니는 모자를 벗어서 버섯을 따도록 손녀에게 보냈고, 모자는 금세 가득 찼다.

"하느님이 상자 안에 사신다고?" 할머니는 이렇게 묻고 거룩한 루파트로 상자를 꺼냈다. 상자는 이미 비어 있었고, 소피아는 다시 동굴로 기어 들어가서 상자를 제단 위에 놓았다.

돌아오는 길에 둘은 해당화가 핀 곳을 지났고, 새로 자란 해당화 한 그루를 손님방으로 가는 계단 옆에 심기 위해 파냈다. 이번에는 뿌리가 쉽게 뽑혔고 흙도 많이 묻어 나와서, 두 사람은 그 모든 것을 물풀 사이에서 삐죽 내다보고 있던 고든스 진(Gordon's Gin) 상자에 넣었다. 좀 떨어진 곳에서는 오래된 가죽 모자를 주워서 버섯을 담았고, 할머니는 자기 모자를 다시 쓸 수 있었다.

"일이 놀랍게 잘 풀리네." 소피아가 말했다. "더 필요한 거 있어? 뭐가 필요한지 정확하게 말해 봐!"

할머니는 목이 마르다고 했다.

"알았어." 소피아가 말했다. "기다려." 소피아는 바닷가를 따라 걷다가 땅에 놓여 있는 병을 하나 찾았다. 병에는 아무 스티커도 없었다. 병마개를 열었더니 김 빠지는 소리가 났다. 안에 들어 있는 것은 탄산수가 아니라 레모네이드였고, 할머니는 그게 더 마음에 들었다.

"거봐!" 소피아가 말했다. "다 되잖아! 이제 새 물통을 찾아 줄게!"

하지만 할머니는 낡은 물통이 마음에 든다고 말했다. 그리고 행운에게 너무 무리한 요구를 하는 것도 옳지 않다는 생각이 들었다. 둘은 위에 무리가 가지 않도록 천천히 느긋하게 노를 저었다. 집에 왔을 때는 4시가 넘었고, 버섯은 가족 모두가 먹기에 충분했다.

지방 도로

불도저였다. 어마어마하게 크고 끔찍하게 샛노란 기계가 삐그덕 덜컹 소리를 내면서, 덜덜거리는 입을 벌리고 숲을 굴러갔다. 마을 남자들은 흥분한 개미들처럼 그 주위를 뛰어다니며 방향을 인도하려고 애썼다. "귀신이나 물어 가라지!" 하고 소피아가 외쳤지만 자기 귀에도 들리지 않았다. 소피아는 큰 돌 뒤로 우유통을 들고 뛰어가서 기계가 땅에 박혀 있는 커다란 돌들을 파헤치는 광경을 구경했다. 수천 년 동안 이끼 아래 묻혀 있던 돌들이 빠른 속도로 땅에서 끄집어내어져 옆으로 밀려났고, 소나무들은 부러지고 쪼개져서 뿌리가 뽑혀 밖으로 던져졌다. "아이고 주님 도와주세요. 숲이 다 넘어가네요!"

소피아는 멈춰 서서 발을 굴렀고, 공포와 흥분에 온몸을 떨었다. 귀룽나무가 넘어갔다. 소리도 없이 한숨처럼 쓰러졌고, 검게 빛나는 흙이 드러났다. 불도저는 다시 굉음을 내며 움직였다. 남자들은 긴장해서 서로에게 외쳤다. 그럴 만도 한 것이 그 기계는 한 시간에 100마르크도 더 내고 빌려 온 물건이기 때문이었다.[6] 물론 가져오고 돌려다 놓는 시간까지 셈에 포함됐다. 기계가 향하는 곳은 누가 봐도 첫 번째 협만이었다. 오솔길에는 신경도 쓰지 않았고, 바다까지 닿는 찻길을 내기 위해 나그네쥐처럼 그냥 똑바로 나아갔다.

지금은 개미가 되는 게 별로 즐겁지 않겠다고 소피아는 생각했다. 기계는 무엇이나 할 수 있으니까. 그리고 마을에서 가져온 우유와 우편물을 가지고 집으로 돌아갔다. 오솔길이 아니라 듣도 보도 못한, 갑자기 조용해진 넓은 길로. 길 양쪽으로는 커다란 손이 숲을 바깥으로 밀어내기라도 한 듯이 온통 뒤죽박죽이 되어 혼란한 모습이 펼쳐져 있었다. 숲은 부드러운 풀처럼 휘어지고 눌렸지만, 그 풀은 다시 일어나지 못하게 되었다. 쪼개진 나무줄기는 희게 빛났고 송진이 뚝뚝 떨어졌으며, 숲 안쪽을 향해서 꼼짝하지 않는 초록색 덩어리가 뻗어 있었다. 나뭇가지 하나, 잎새 하나도 바람에 움직이지 않았다. 마치 돌담 사이를 지나는 것 같았다. 돌들은 이미 말랐고 거기 묻어 있는 흙은 잿빛이 되었으며, 새로 난 지방 도로에도 커다랗게 회색 얼룩이 져 있었다. 사방에 뽑힌 나무뿌리가 하늘을 찌르고 있었고, 거기에는 흙덩이가 엉겨 붙어 가느다란 레이스처럼 햇빛에 말라 가고, 눈에 보이지 않는 실에 매달린 듯이 흔들렸다. 풍경이 달라졌고, 폭발이나 비명 후의 침묵처럼 생명이 없었다. 소피아는 이 모든 것을 바라보며, 이전 길보다 훨씬 멀게 느껴지는 새로 난 길을 걸어갔다. 숲은 아무

---

6 핀마르크는 1991년에 유로가 도입되면서 폐지되었지만, 100마르크는 대략 2만 2000원쯤 된다. 하지만 이 책은 1972년에 출간되었으니 당시 물가를 고려하면 적잖은 돈이다.

소리도 없었다. 협만까지 내려오니 불도저가 보였고, 그 흉한 모습이 바닷물을 뒷배경으로 눈에 들어왔다. 불도저는 바닷가의 풀밭까지 왔고, 비탈에서 미끄러져서 모래를 상당히 뒤 엎었다. 풀이 자라고 있던 땅은 하릴없이 배신하는 것처럼, 어이없이 물러났다. 그 자리에는 숲을 잡아먹는 괴물이 말없이, 뻗어 나가다가 꺾여 버린 힘의 상징처럼 잘못된 각도로 누워 있었다. 기계 옆에는 에밀 에르스트룀이 앉아서 담배를 피우고 있었다.

"다른 사람들은 어디 갔어요?" 소피아가 물었다.

"필요한 걸 가지러 돌아갔지." 에밀이 대답했다.

"뭘요?" 소피아가 물었고 에밀이 말했다. "네가 기계에 대해 뭘 아니." 소피아는 풀숲 사이를 계속 걸었고, 어떤 폭풍에도 굽히지 않고 기껏해야 아래로 밀려났다가 다시 자리를 잡고 새로이 작고 촘촘한 뿌리를 엮어 내는 푸르고 강한 풀밭을 지나갔다. 할머니는 곶 바깥쪽으로 멀리 나간 곳에서 배에 앉아 기다리고 있었다. '대단한 기계네!' 하고 소피아는 생각했다. '할머니는 놀랄 거야. 고모라를 벌하는 하느님의 손 같네. 그래도 걷지 않고 차를 타고 다니면 좋겠다.'

하지 축제

소피아네 가족의 친구 중에 언제나 적절한 거리를 유지하는 에릭손이라는 사람이 있었다. 그는 이 근처를 배로 지나간 적도 있었고, 가끔 들를 생각은 했지만 결국 못 오기도 했다. 어떤 여름에는 섬 근처에 오지 않은 적도 있었다. 배로도 마음으로도.

에릭손은 작고 탄탄한 사람이었으며, 얼굴색이 섬의 경치와 같았지만 눈은 푸른빛이었다. 그 사람에 대해서 이야기를 하거나 생각을 할 때면, 누구나 당연히 눈을 들어 바다를 내다보았다. 그는 운이 없을 때가 많았고, 날씨가 나쁘거나 모터에 문제가 있어서 화를 내곤 했다. 그물이 찢어지거나 프로펠러에 걸리기도 하고, 있을 줄 알았는데 물고기와 새가 없기도 했다. 그러다가 많이 잡는 날이면 값이 떨어져서 결국은 다 마찬가지로 허사였다. 손해를 보게 하는 이런 일들 외에도 가능한 온갖 사건들과 예측하지 못한 사고들이 벌어지곤 했다.

길게 말을 하지 않아도, 에릭손이 낚시나 사냥이나 모터를 딱히 좋아하지 않는다는 건 이미 뻔한 일이었다. 그가 무엇을 좋아했는지는 딱 집어 말하기가 힘들지만, 충분히 알아볼 수 있었다. 그의 생각과 갑작스러운 희망 사항들은 바닷바람처럼 물 위에서 여기저기로 날아다녔으며, 그는 늘 소리 없는 긴장 속에 살았다. 바다에는 언제나 뜻밖의 일이 많았고, 물에 쓸려 가거나 좌초되거나 바람이 바뀌는 밤에 물에 빠지는 등의 이러저러한 일들이 있었다. 지식, 상상력 그리고 꺼지지 않는 주의력이 필요했으니, 한마디로 미리 냄새를 맡을 줄 아는 게 중요했다. 큰 사건은 늘 멀리 바깥에서 일어났으며, 흔히는 단순히 시간이 지나면 모든 게 풀릴 문제였다. 섬들 사이에서는 그저 작은 일들만 있었지만 그 또한 신경을 써야 했다. 여름 손님들의 이런저런 생각들과 관련 있는 일들이었다. 지붕 위에 돛대가 있었으면 하는 사람이 있는가 하면 1.5톤짜리 둥근 돌을 원하는 사람도 있었다. 찾기만 하면, 그리고 그걸 찾아다닐 시간을 낼 수만 있으면, 결국은 뭐든지 다 찾을 수 있었다. 찾아다니는 동안은 자유로웠고, 기대하지 않았던 무엇을 발견하기도 했다. 사람들은 역시 사람들이라, 6월에는 새끼 고양이를 찾다가 9월 1일에는 그 고양이가 물에 빠져 죽기를 원하기도 했다. 다 가능한 일이다. 하지만 때로 사람들은 꿈이 있었고, 오래 가지고 있을 수 있는 걸 바랐다.

에릭손은 그 꿈을 이루어 주는 사람이었다. 그가 자기 자신을 위해서 무엇을 찾아내는지는 아무도 몰랐지만, 아마 사람들이 생각하는 것보다 훨씬 적었으리라. 그는 그래도 계속 찾아다녔고, 어쩌면 그저 찾는 일 자체가 좋아서 찾아다녔는지도 모른다.

에릭손의 신비스럽고 매력적인 특징 하나는, 그가 자신에 대해 말하지 않는다는 점이었다. 말하고 싶은 마음이 없는 것 같았다. 남에 대해서도 말하지 않았다. 관심이 없는 것 같았다. 흔하지 않은 그의 방문은 언제일지 예측할 수 없었는데, 와서도 그리 오래 있지는 않았다. 어쩌다 오면 커피를 한 잔 마시거나 뭘 좀 먹었고, 예의상 술을 한잔하기도 했다. 하지만 그러고 나면 말이 없어지고 안절부절못하고 듣기만 하다가 자리를 떴다. 에릭손이 와 있으면 식구들은 온통 그에게 주의를 집중했다. 아무도 다른 일로 마음을 돌리지 않았고, 누구도 다른 것을 바라보지 않았다. 다들 그의 말에 귀를 기울였으며, 그가 별말도 하지 않고 떠났을 때에도 다들 그가 소리 없이 남기고 간 말이 마음에서 떠나지 않았다.

동이 틀 때 에릭손이 오면 육지로 선물을 던지기도 했다. 작은 연어나 대구 몇 마리, 뿌리와 흙까지 함께 상자에 담긴 들장미 한 그루, 선장실이라고 쓰인 간판, 아연을 입힌 상자, 특별한 도장이 찍힌 부표 같은 것들이었다. 소피아네는 이런 선물을 소중하게 여긴다는 사실을 별 재미도 없이 돈의 형태로 표시했으며, 그것이 식구들의 꿈을 위해 조금이라도 대가를 지불할 수 있는 유일한 방법이었다. 그 꿈은 휘발유도 꽤 소모했으니까.

소피아는 에릭손을 사랑했다. 에릭손은 소피아에게 뭐 하느냐, 몇 살이냐고 묻지 않았다. 만나면 다른 사람들에게 하듯이 진지하게 인사를 하고 작별도 그렇게 했으며, 미소도 짓지 않고 살짝 고개를 숙일 뿐이었다. 식구들은 에릭손을 따라 배까지 갔다. 크고 오래된 배였으며 출발하는 데 힘이 들었지만, 한번 움직이기 시작하면 그래도 잘 움직였다. 그가 배를 유난히 잘 건사한 것도 아니었다. 배의 바닥에는 물이 차서 온갖 지저분한 것들이 떠다녔고, 굽도리 판자에는 온통 금이 가 있었다. 그래도 기계들은 성했다. 그는 뜨거운 모터에 생선을 구웠고, 그의 할아버지가 만든 물개 가죽 침낭에서 잠을 잤다. 흙과 물풀과 생선 비늘과 모래가 그를 어디든지 따라다녔고, 선미에는 그물과 미끼로 쓰는 나무새와 총이 단정하게 나란히 놓여 있었다. 하지만 선수에 보관해 놓은 상자와 자루 속에 무엇이 있는지는 아무도 알 수 없었다. 에릭손은 배를 매는 밧줄을 안으로 거두어들이고 출발했다. 프로펠러가 땅을 몇 번 긁었다. 익숙한 일이었고, 그 정도에는 망가지지 않았다. 에릭손은 손도 흔들지 않고 떠나갔다. 그의 배에는 이름도 없었다.

하지 직전에 에릭손의 배가 정박했고, 그는 상자를 들어서 바위에 놓았다. 그가 말했다. "여기 추가로 얻은 폭죽이 좀 들어 있어요. 괜찮으면 세례자 요한의 축일[7]에 와서 불이 붙나 확인하지요." 그는 모터를 켠 채로 있다가 배를 뒤로 빼서는 바로 가 버렸다. 상자는 흠뻑 젖어 있었기 때문에, 식구들은 상자를 난로 옆에 가져다 놓았다.

그래서 올해 하지는 다른 해보다 중요해졌다. 할머니는 난로를 페로시안화 안료로 검게 칠했고, 난로 뚜껑은 은색으로 칠했다. 창문을 모두 닦았고 커튼까지 다 빨았다. 물론 이렇게 한들 에릭손이 알아채리라고 믿는 사람은 아무도 없었다. 에릭손은 집에 찾아와도 주위를 둘러보지 않았다. 그래도 식구들은 에릭손이 오니까 집을 청소했다. 하루 전에는 큰 섬에 가서 자작나무와 마가목과 은방울꽃을 구해 왔다. 큰 섬에는 모기가 끔찍이도 많았다. 식구들은 해안에서 진딧물과 개미를 다 털어 버리고 집으로 왔다. 집은 바깥쪽도 안쪽도 모두

7　축일은 6월 24일이므로 이때 하지 축제를 크게 지낸다.

초록색 잎으로 장식된 홀이 되었다. 자작나무는 하나씩 다 꽃병에 꽂혔다. 6월에 피는 꽃은 거의 다 흰색이다. 할머니는 세례자 요한의 축일에 친척들을 초대해야 하지 않을까 했지만, 다들 에릭손이 오는데 그렇게 하는 건 적절하지 않다고 생각했다. 에릭손은 혼자 와서 혼자 머무르다가 적당한 시점에 일어나서 홀로 가는 사람이었다.

하지 전날, 아침이 되자 끈질기게 북풍이 불었다. 그러다가 비가 오기 시작했고, 아빠는 하지를 맞아 불을 피우기 위해 곶 끝에 쌓아 놓은 나무를 방수포로 덮기 시작했다. 늘 그렇듯이 방수포는 날아가서 바다에 빠져 버렸다. 그래서 아빠는 휘발유통을 가져다가 집의 모서리 쪽에 세워 놓았다. 불이 안 붙으면 체면이 안 섰으니까. 하루는 천천히 갔고, 바람은 잦아들지 않았다. 아빠는 책상에 앉아 일을 계속했다. 베란다에는 불꽃놀이에 불을 붙이기 위한 점화 장비가 준비되어 있었고, 도화선들은 비스듬히 위를 향해 있었다.

식구들은 네 사람을 위해 식탁을 차렸다. 에릭손을 위해서는 청어와 돼지고기, 감자와 두 가지 채소를 내놓기로 했다. 그다음으로는 병조림한 배를 생각했다.

"에릭손은 후식 안 먹잖아." 소피아가 짜증스럽게 말했다. "그리고 채소도 풀이라면서 안 먹어. 할머니도 알잖아."

"알아, 알아." 할머니가 말했다. "하지만 보기 좋잖아."

술은 마룻장 아래, 발밑의 창고에 묻혀 있었고, 우유도 구해 왔다. 에릭손은 술은 예의상 겨우 한두 잔 마실 뿐이었지만 우유는 아주 좋아했으니까.

"냅킨은 빼." 소피아가 말했다. "바보 같은 냅킨이야."

할머니는 냅킨을 치웠다.

하루 종일 바람이 끈질기게 불었지만, 더 거세어지지는 않았다. 가끔 소나기만 왔다. 곶에서는 제비갈매기들이 울어 댔고, 천천히 저녁이 되었다.

할머니는 생각했다. '내가 젊었을 때는 하지가 아주 달랐는데. 바람이라고는 한 점도, 조금도 없었지. 마당에는 온통 꽃이 피었고, 하지를 맞아 세운 기둥은 삼각기가 달려 있는 꼭 지까지 다 나뭇잎으로 장식을 했었지. 삼각기가 휘날리지 않는 게 아쉬웠을 뿐이야. 장작에 불을 붙이진 않았어. 왜 안 했지?' 할머니는 침대에 누워서 푸른 자작나무 잎을 올려다 보다가 스르르 잠이 들었다.

갑자기 누군가가 뭐라고 외쳤고, 문에서 쾅 소리가 났다. 하지에는 절대로 등을 켜면 안 되었으므로, 방은 꽤 어두웠다. 할머니는 벌떡 일어났고, 에릭손이 왔다는 것을 알았다. "서둘러!" 소피아가 말했다. "아무것도 안 먹는대! 바로 나가서 시작하는 거야. 옷을 뜨뜻하게 입어야 되고, 엄청 급해!"

할머니는 힘들게 일어나서 스웨터가 어디 있나 찾았다. 따뜻한 바지와 지팡이를 찾았고, 마지막 순간에 루파트로를 주머니에 넣었다. 다른 사람들은 이리저리 뛰어다녔고, 할머니는 에릭손이 항구에 들어오는 모터 소리를 들었다. 바위 위는 좀 더 밝았고, 바람은 서풍으로 바뀌면서 가느다란 보슬비를 몰고 왔다. 할머니는 잠이 확 깼고, 해안으로 내려가 배에 탔다. 에릭손은 인사도 없이 바다 위를 똑바로 내다보았고, 오가는 말 한마디도 없이 배를 정박시켰다. 할머니는 바닥에 앉았다. 배가 움직이는 동안 할머니는 오르락내리락하는 물이 난간 위로 올라오는 모습을 바라보았고, 바닷가를 따라 북쪽에는 하지를 맞아 붙인 불들이 보이기 시작했다. 아직 몇 개

되지 않았고, 비안개 때문에 별로 보이지도 않았다.

에릭손은 똑바로 남쪽으로, 위테르셰르를 향해 배를 몰았고, 다른 배들도 점점 더 많이 남쪽으로 배를 돌렸다. 어둑어둑한 곳에서 그림자처럼 배들이 나타났다. 예쁘고 둥근 병들로 가득한 상자들이 회색 바다에 떠 있었는데, 움직이는 물을 배경으로 위쪽 윤곽선만 검게 보였다. 전속력으로 달려오다가 짐을 싣기 위해서만 속도를 늦추는 배들과 마찬가지로 검었다. 배들은 다시 돌아 나갔고, 물건을 건지는 일은 마치 미리 계획된 정교한 춤 같았다. 해안 경비대는 강한 모터로 이 배들을 추월하여 상자들을 다시 배에 싣고 다른 배들은 바라보지도 않았다. 배가 있는 사람들은 전부 나왔고, 서로를 신경쓰지는 않았다. 에릭손은 키를 잡고 소피아의 아빠는 난간에서서 상자들을 배로 올리면서 속도를 높였다. 일 초도 낭비하지 않도록 몸을 쓸데없이 움직이지 않아서 결국은 달리는 배와 일체가 되어 일했다. 보기에도 즐거운 모습이었다. 세례자 요한의 축일의 풍성한 선물들이 점점 더 많이 핀란드만을 헤엄쳐 오는 동안 할머니는 이 모든 모습을 흐뭇하게 바라보며 추억에 잠겼다. 육지에서는 힘없이 불꽃 몇 개가 솟아올랐다. 꿈이 빛의 화살이 되어 하지의 회색 하늘을 가로질렀고, 소피아는 갑판에서 잠이 들었다.

상자들은 다 건졌다. 갈 사람에게 갔건 아니건, 잃어버린 것은 없었다. 무리를 이뤘던 배들은 아침 무렵 거의 동시에 흩어져 헤어졌고, 각자 자기가 갈 방향으로 점점 멀어졌다. 동틀녘이 되자 바다는 거의 비었다. 아름답고 맑은 하지의 아침이 하늘에 색깔을 펼쳤고, 아주 추웠다. 에릭손이 배를 대자 제비갈매기들이 울기 시작했다. 그는 모터를 켜 둔 채로 기다렸고,

모두 내리자 바로 배를 출발시켰다.

아빠는 잠시 생각했다. '나누어 가질 수도 있었는데.' 하지만 잠시 스쳐 지나가는 헛된 생각이었다. 아빠는 모두를 위해 샌드위치를 만들었고, 불꽃놀이 도구가 든 에릭손의 상자들을 베란다로 꺼냈다. 화약을 날아갈 자리에 놓았다. 첫 번째 화약에는 불이 붙지 않았고 두 번째도 안 붙었다. 전부 물에 젖어서 하나도 불이 붙지 않았다. 마지막 화약만 치지직 불이 붙었고, 푸른 별을 뿌리며 뜨는 해를 향해 날아갔다. 제비갈매기들은 다시 소리를 지르기 시작했고, 그렇게 세례자 요한의 축일은 끝이 났다.

에릭손은 건지지 않은 상자는 없는지 확실하게 하기 위해서 다시 남쪽으로 돌아갔다.

텐트

소피아의 할머니는 젊었을 때 걸스카우트 지도자였다. 사실 그 당시에 어린 소녀들이 스카우트가 될 수 있었던 것부터가 할머니 덕이었다. 소녀들은 얼마나 즐거운 시간을 보냈었는지를 결코 잊어버리지 않았으며, 할머니에게 편지를 쓰며 이런저런 사건들에 대한 기억을 더듬거나 캠프파이어에 둘러앉아 불렀던 노래 가사를 한 줄 적어 보내기도 했다. 할머니는 소녀들이 나이를 먹으면서 지나간 일들에 다소 감상적으로 대응한다고 여겼지만, 어쨌거나 그들을 기억하며 잠시 마음 훈훈해했다. 나중에는 스카우트 운동이 너무 커져서 더 이상 개인적으로 맡을 부분이 없다고 생각했고, 할머니는 그 일을 아예 잊어버리기로 했다. 할머니의 자녀들은 아무도 스카우트가 되지 않았다. 마침 그때 다들 시간이 없었고, 이 문제에 대해 말할 기회도 딱히 없었다.

어느 여름 소피아의 아빠는 텐트를 사서, 사람들이 너무 많이 왔을 때 숨을 수 있도록 협곡 옆에 세웠다. 작은 텐트여서 안으로 들어가려면 기어야 했지만, 안에는 두 사람이 누울 정도의 자리는 있었다. 하지만 양초나 램프는 켤 수 없었다.

"이거 스카우트 텐트야?" 소피아가 물었다. 할머니는 코웃음만 쳤다. "우리 텐트는 바느질을 해서 만든 거였어." 할머니는 그렇게 말하면서 옛날 텐트들의 모습을 회상해 보았다. 크고 탄탄했으며, 회색과 밤색이었다. 지금 이 텐트는 장난감이었다. 베란다에서 노는 관광객들을 위한 밝은 노란색의 장난감이지, 소유할 가치가 있는 물건이 아니었다.

"이건 스카우트 텐트가 아니야?" 소피아가 걱정스레 물었다.

그러자 할머니는 맞을 수도 있겠지만 어쨌건 아주 현대적인 텐트라고 말했고, 두 사람은 그 안에 나란히 누웠다.

"잘 수야 없지." 소피아가 말했다. "스카우트가 어떤 건지, 그리고 옛날에 뭐 했는지 얘기해 줘."

아주 오래전에는 스카우트들이 뭘 했는지 누군가에게 이야기하고 싶었었지만, 그때는 아무도 묻지 않았다. 그리고 지금은 반대로 이야기하고 싶은 마음이 다 사라져 버렸다.

"캠프파이어를 했지." 할머니가 짧게 대답하고 갑자기 울적해졌다.

"그다음에는?"

"캠프파이어용 통나무는 한참을 탔어. 우리는 그 주위에 둘러앉았고, 날은 추웠지. 수프를 먹었고."

이상한 일이라고, 할머니는 생각했다. '이제는 설명할 수가 없네. 단어가 생각이 안 나. 내가 노력을 덜한 건지도 모르지. 너무 옛날 일이야. 지금 있는 사람들은 다들 태어나기도 전의 일이지. 내가 마음이 내켜서 그 이야기를 하지 않는 한, 그때 일들은 일어나지도 않은 일이 되고 마는 거야. 다 덮이고 끝나는 거지.' 할머니는 똑바로 앉아서 말했다. "어떤 날에는 잘 생각이 안 나. 하지만 언젠가 너도 한번 텐트에서 밤을 지내 보렴."

소피아는 침대 시트를 텐트로 가지고 갔다. 해가 질 때 놀이집을 닫고 작별 인사를 했다. 그러고는 완전히 혼자 협곡으로 갔다. 협곡은 이날 저녁 아주 멀리 떨어진 오지, 신들도 사람들도 스카우트들도 모두 잊어버린 곳이 되었다. 이제 길어질 밤을 기다리는 외딴곳이었다. 소피아는 지퍼로 된 문을 닫고는 담요를 턱까지 덮었다. 노란 텐트는 지는 햇볕을 받아 따뜻해졌고, 갑자기 작고 아늑한 곳이 되었다. 아무도 들여다볼 수 없었고 아무도 내다볼 수 없었다. 소피아는 빛과 침묵에 꽁꽁 싸여 누워 있었다. 해가 떨어질 때 텐트는 붉은색이 되었고, 소피아는 이미 잠든 상태였다.

여름이 깊어 밤이 꽤 길어진 지 오래여서, 잠에서 깬 소피아는 어둠 외에는 아무것도 볼 수 없었다. 새 한 마리가 협곡 위를 날아가며 먼저 가까운 곳에서, 이어서 멀리서 울었다. 평화로운 밤이었고, 바다 소리가 들렸다. 협곡을 지나가는 사람은 없지만, 마치 무언가 움직이는 것처럼 자갈을 밟는 소리가 났다. 텐트가 막아 준다고 해도, 들판에서 자는 것 같은 느낌이 들 정도로 밤이 가까이 밀려들었다. 이름 모를 새들이 제각기 다른 소리로 울었고, 어둠 속에는 낯선 움직임과 빛으로 가득했다. 아무도 이를 설명하거나 추적해 따라갈 수가 없었다. 아무도 그 모습을 묘사할 수 없었다.

"아이고, 하느님." 소피아는 말했다. "제가 겁을 내지 않게 해 주세요." 그리고 바로 겁이 나는 건 어떤 것일까 생각하기 시작했다. "아이고, 하느님, 제가 겁을 내게 된다면, 다른 사람

들이 제가 그런다고 놀리지 않게 해 주세요."

소피아는 난생처음으로 귀를 기울여 들어 보았다. 협곡 밖으로 나가 보니, 처음으로 발가락과 발바닥에 들판이 와닿는 게 느껴졌다. 차가운 알갱이들이 느껴졌고, 엄청나게 복잡한 대지가 걸음을 옮길 때마다 변했다. 자갈과 젖은 풀, 크고 매끄러운 돌들 사이로 가끔 덤불만큼 키가 큰 식물들이 소피아의 다리에 와닿았다. 들판은 검었지만 하늘과 바다에는 흐릿하게나마 회색의 빛이 있었다. 섬은 작아졌고, 물에 뜬 잎새 하나처럼 바다에 떠 있었는데, 손님방의 창에서는 빛이 흘러나왔다. 무슨 소리든지 다 너무나 크게 들렸기 때문에, 소피아는 아주 조심스레 창을 두드렸다.

"어떻게 되고 있냐?" 할머니가 물었다.

"잘되고 있어." 소피아가 대답했다. 소피아는 할머니의 발치에 앉아 램프를, 또 그물과 벽에 걸린 우비들을 바라보았다. 더 이상 떨려서 이가 부딪치지 않았고, 그래서 말했다. "바람이 하나도 안 불어."

"그래." 할머니가 말했다. "조용하지."

할머니한테는 담요가 두 장 있었다. 담요 한 장을 매트리스 위에 깔고 쿠션을 하나 얹으면 그대로 침대가 될 것이다. 놀이집으로 가는 것과는 달랐고, 바깥에서 자는 거나 마찬가지이리라. 아니, 사실은 실내였다. 완전히 혼자 텐트에서 묵지 않더라도, 소피아는 이렇게나마 바깥에서 자는 경험을 하게 될 것이다.

"오늘 밤에는 새가 많네." 할머니가 말했다.

다른 방법, 담요를 들고 나와서 베란다에서, 집 벽에 딱 붙어 자는 방법도 있었다. 그러면 바깥에서 혼자 자는 셈이다.

아이고!

할머니가 말했다. "잠이 안 와. 슬픈 일들이 생각나서." 그러고는 침대에 일어나 앉아 담배를 찾았다. 소피아는 늘 하듯이 할머니에게 성냥을 건넸지만 다른 생각을 하고 있었다. "담요 두 개 있지?" 소피아가 말했다.

할머니가 말했다. "내가 보기에는, 모든 일들이 점점 작아지고 멀어지고, 전에는 그렇게 즐거웠던 일들이 아무 의미가 없어지고 사소해지는 것 같아. 어떻게 생각하면 참 허무한 일이지. 어쨌건 이야기는 할 수 있어."

소피아는 다시 추위를 느꼈다. 사실 텐트에서 홀로 자기에 소피아는 너무 어렸지만 허락해 주었던 것이다. 그게 어떨지는 아무도 몰랐지만, 그냥 혼자 협곡에서 자게 했다. "그래서?" 하고 소피아가 화난 듯이 물었다. "그게 재미가 없다니, 무슨 말이야?"

"에, 그냥." 할머니가 대답했다. "나처럼 너무 나이를 먹으면 같이할 수 없는 게 너무나 많다고……."

"아니지. 할머니는 뭐든지 다 나랑 같이하잖아. 우린 늘 똑같이 하잖아!"

"좀 기다려 봐!" 한참 흥분한 할머니가 말했다. "아직 말 다 안 했다고! 모든 일을 같이한다는 건 나도 잘 알아. 벌써 끔찍하게 오랫동안 다 같이했고, 힘닿는 데까지 다 보고 살아왔다고. 대단했어. 정말로 대단했지. 그런데 이제는 모든 것이 나에게서 미끄러져 나가는 거 같아. 이제는 기억도 안 나고 관심도 없어. 바로 지금 그게 다 필요한데!"

"뭐가 기억이 안 나는데?" 소피아가 걱정스럽게 물었다.

"텐트에서 자는 게 어땠는지 말이야!" 할머니가 외쳤다.

할머니는 담배를 눌러 끄고 천장을 바라보았다. 그리고 천천히 말했다. "이 나라에서 여자애들은 텐트에서 잘 수 없었어. 쉽지는 않았지만 내가 그걸 가능하게 했지. 아주 즐거웠었는데, 지금은 그 이야기를 할 수도 없네."

새들이 다시 울었다. 한 무리가 날아가면서 내내 울었다. 창에는 불을 켜 놓았기 때문에, 바깥에 덮인 밤이 실제보다 훨씬 어두워 보였다.

"그럼 어떤지 내가 이야기할게." 소피아가 말했다. "모든 소리가 더 잘 들려. 그리고 텐트는 아주 작지." 소피아는 잘 생각해 보고 말을 이어 갔다. "아주 안전하다는 생각이 들어. 그리고 모든 소리가 다 들리니까 참 좋아."

"그래." 할머니가 말했다. "밖에서 나는 모든 소리가 다 들리지."

소피아는 배가 고파 왔고, 침대 밑에서 음식이 들어 있는 상자를 끌어냈다. 두 사람은 마른 빵과 설탕과 치즈를 먹었다.

"졸려." 소피아가 말했다. "돌아갈래."

"그래." 할머니가 말했다. 할머니는 램프를 껐다. 처음에는 잠시 어두웠지만 손님방은 다시 훤해져서, 주위를 꽤 잘 알아볼 수 있었다. 소피아는 나가서 문을 닫았다. 소피아가 떠난 다음 할머니는 담요로 몸을 감고, 텐트에서 자는 게 어땠는지 기억을 더듬었다. 이제 좀 더 기억났다. 사실 꽤 많이 기억났다. 여러 인상들이 새로 돌아왔다. 점점 더 많이. 동틀 녘이 되자 추웠지만, 체온으로 편히 잘 수 있었다.

이웃

스크렌모스헬섬에 사장님 한 분이 저택을 지었다. 처음에는 아무도 그 일을 언급하지 않았다. 한참을 살면서, 마음에 안 드는 일에 대해서는 그 일을 축소시키기 위해 일단 말을 안하는 버릇을 길렀으니까. 하지만 저택이 있다는 건 분명히 알았다.

섬에 사는 사람들이라면 누구나 가끔씩은 눈으로 수평선을 훑었다. 바위들이 그리는 익숙하고 완만한 곡선, 그리고 늘 같은 자리에 떠 있는 항로 표지가 보였다. 시야가 훤히 트여 있으면 모든 일이 잘되고 있다는 편안한 마음이 들었다. 하지만 시야는 더 이상 트여 있지 않았다. 커다란 사각형의 집, 크고 위협적인 이정표가 시야를 가로막았고, 오랫동안 이들에게만 속해 있었던 수평선을 끊어 버렸다. 지금까지 섬에서 바다를 향해 나가는 문턱을 이루고 있었던 이름 모르는 바위섬들이 낯선 이름들을 얻었고, 석호들은 폐쇄되어 버렸다. 하지만 가장 큰 문제는, 이 식구들보다 더 바깥에 사는 사람들이 생겼다는 점이었다.

사장님의 집까지는 기껏해야 일 해리쯤 되었다. 아마 그는 사람을 좋아할 것이며, 분명 손님 대접도 좋아할 테고, 바위에 낀 이끼를 밟아 버리고 라디오를 틀어 놓은 채 자기들끼리 크게 떠드는 식구도 많을 것이다. 이런 건 늘 있는 일이니까. 어디나 다 마찬가지고, 육지에서 멀리 나가도 날이 갈수록 더 이상 다르지 않았다.

어느 이른 아침, 양철 지붕을 망치로 때리는 소리가 들렸다. 빙빙 도는 갈매기와 제비갈매기로 만들어진 구름 아래로 커다란 지붕이 사악하게 번뜩였다. 이렇게 해서 저택이 완공되었고, 일하던 사람들은 떠나갔다. 남은 일은 사장님을 기다리는 것뿐이었다. 하루하루가 지나갔지만 그는 오지 않았다.

주말이 가까워졌을 때, 할머니와 소피아는 배를 저어 바람을 쐬러 나갔다. 농어가 잡히는 얕은 물까지 갔을 때, 두 사람은 물풀을 찾아 크네크트셰르섬까지 배를 저어 나가기로 했다. 크네크트셰르섬에서 노를 몇 번만 저으면 스크렌모스 헬섬이었다. 거기에는 정박장도 따로 없었고, 자갈이 높게 쌓인 곳만 있을 뿐이었다. 사장님은 자갈 더미 한가운데에 검은 글씨가 쓰인 커다란 푯말을 박았다. '사유지. 상륙 금지.'

"올라가자." 할머니가 말했다. 할머니는 화가 났다. 소피아는 겁을 먹고 바라보았다. "이건 좀 얘기가 달라." 할머니가 설명을 했다. "교양이 있는 사람이라면 누구라도, 설마 섬에 사람이 없더라도 다른 사람의 섬에 올라가지 않을 거야. 하지만 저렇게 간판을 세우면, 그건 상대방을 자극하는 거지."

"물론 그렇지." 소피아는 그렇게 말하고 자신의 인생 경험을 본격적으로 넓히기 시작했다. 두 사람은 간판 옆에 배를 묶었다.

"지금 우리가 하는 건 시위야." 할머니가 말했다. "인정 안한다는 걸 표시하는 거지. 이해했냐?"

"시위야." 손녀딸이 따라 말하며 귀엽게 덧붙였다. "그리고 여기는 좋은 선착장이 될 자리가 아니야."

"그렇지." 할머니가 찬성했다. "그리고 문도 이쪽에 달면 안 되지. 남서풍이 불면 절대로 못 열걸. 그리고 저기는 빗물통이 있네. 하하하, 물론 플라스틱이지."

"하하." 소피아가 말했다. "물론 플라스틱이지."

저택 쪽으로 간 두 사람은 섬이 달라졌음을 깨달았다. 더 이상 야생이 아니었다. 섬은 더 낮아지고, 거의 밋밋해졌다. 특별한 곳이라고는 없이, 마치 당황한 모습처럼 보였다. 땅은 아직 파헤쳐지지 않았다. 오히려 사장님은 히스와 월귤나무 위로 운반로를 따로 짓게 했다. 들판을 배려한 것이다. 노간주나무 덤불도 베지 않았다. 그래도 섬은 어딘가 밋밋해졌다. 집이 섬에 맞지 않았기 때문이다. 가까이서 보면 집은 꽤 나지막했고, 사실 설계 자체는 아름다웠을 것이다. 다른 데서라면 아름다운 집이었겠지만, 여기서는 아니었다.

두 사람은 테라스로 들어갔다. 낙수받이 아래에는 '빌라 스크렌모스헬'이라는 집 이름을 새긴 명판을 걸어 놓았다. 정교하게 조각한 글씨는 옛날 지도에 나오는 구불구불 장식된 글자체를 닮았다. 문 위에는 배에 다는 등 두 개와 쇠갈고리가 있는 닻이 걸려 있었고, 한쪽 벽에는 새로 칠한 붉은빛 부표가, 다른 쪽에는 재주껏 배열한 유리 낚시찌가 걸려 있었다.

"처음엔 다 이래." 할머니가 말했다. "그 사람도 깨닫겠지."

"뭘?"

할머니는 잠시 생각을 하더니 다시 말했다. "깨달을 거야." 그러고는 벽을 다 덮다시피 한 덧창까지 가서 집안을 들여다보려고 했다. 덧창은 맹꽁이 자물쇠로 잠겨 있었고, 문도 자물쇠로 잠겨 있었다. 할머니는 주머니칼을 꺼내어 드라이버를 펼쳤다. 맹꽁이 자물쇠의 놋쇠 나사는 아주 쉽게 풀렸다.

"이거 가택 침입이야?" 소피아가 속삭였다.

"그럼. 아님 뭐겠냐?" 할머니가 대답했다. "물론 보통 때는 당연히 이러면 안 되지." 할머니는 덧문을 열고 들여다보았다. 벽난로가 있는 큰 방이었다. 벽난로 앞에는 등나무 의자가 있고 쿠션이 많이 놓여 있었으며, 두꺼운 유리가 깔린 탁자에는 색색의 스티커가 끼워져 있었다. 소피아는 방이 예쁘다고 생각했지만, 그 말을 하지는 못했다. "짐을 가득 실은 배가 폭풍을 만났네." 할머니가 말했다. "금빛 액자를 둘렀네. 당연하지. 지도, 망원경, 육분의, 모형배, 풍속계. 해양박물관이네."

"그림이 크네." 소피아가 자신 없게 말했다.

"그래. 정말 크지. 이 사람 물건은 다 크네."

두 사람은 집에 등을 돌리고 테라스에 앉아 길쭉한 섬을 내려다보았다. 섬은 바로 외롭고 거친 장소가 되었다.

"이랬건 저랬건." 소피아는 말했다. "이랬건 저랬건 그 사람은 바다에 물건을 빠뜨리는 법을 몰라. 깡통이나 병이나, 물에 던지기 전에 뭘로 채워야 하는데 그걸 모른다니까. 그러니까 저 사람의 쓰레기는 다 우리 해안으로 밀려와서 우리 그물에 걸린다고. 그리고 그 사람 물건들은 다 너무 커!"

모터 소리가 아까부터 들렸지만 두 사람은 귀 기울이지 않았다. 소리는 점점 가까워져서 큰 소음이 되더니, 다시 쉭쉭거리는 소리로 줄어들고 갑자기 중단되었다. 돌연 조용했다. 무겁고 두려운 침묵이었다. 할머니는 최대한 빨리 일어나서 말했다. "무슨 일인지 가서 봐. 하지만 남의 눈에 뜨이지는 말고." 소피아는 사시나무 아래로 기어갔고, 창백해져서 돌아왔다. "그 사람이야, 그 사람이야!" 소피아가 속삭였다. "사장님이야!"

할머니는 온갖 방향을 다 바라보았다. 앞으로 갔다가 뒤로 돌아가고, 놀라서 어쩔 줄 몰랐다. "남의 눈에 뜨이지 마." 할머니가 또 말했다. "가서 그 사람이 뭐 하는지 살펴봐. 하지만 눈에 뜨이지는 말고!"

소피아는 사시나무 아래에 다시 배를 깔고 엎드렸다. 사장은 땅을 노로 밀어 섬을 향해 왔다. 배는 마호가니로 되어 있었고, 선실 위에는 안테나가 있었다. 앞쪽 갑판에는 개 한 마리와 흰옷을 입은 마른 청년이 서 있었다. 셋은 동시에 땅으로 펄쩍 뛰었다.

"저 사람들이 우리 배를 봤네!" 소피아가 나지막이 외쳤다. "여기로 오고 있어!"

할머니는 급한 종종걸음으로 섬 안쪽을 향해 갔다. 지팡이가 땅에 닿을 때마다 작은 돌과 이끼가 튀어 올라왔다. 할머니는 지팡이만큼이나 뻣뻣했고, 아무 말도 하지 않았다. 이건 도망이라고밖에 할 수 없었다. 그보다 나은 대책은 생각나지 않았으니까. 소피아는 앞서 달려가다가 다시 돌아오고, 할머니 주위를 돌았다. 다른 사람 소유의 섬에서 남의 눈에 뜨이는 건 무척 망신스러운 일인데, 이제 두 사람은 정말 있어서는 안 되는 상황에 처한 것이다.

어느새 다른 쪽 해안의 덤불까지 왔다. 소피아는 휘어진 전나무 아래로 달려가서 사라졌다. "서둘러!" 소피아가 급하게 외쳤다. "이리 기어 와!" 할머니도 따라서 기어 왔다. 상황도 모르고 아무 생각도 없이. 어지럽고 속도 좀 안 좋았다. 서두르는 건 언제나 할머니 몸에 좋지 않았다. 할머니는 말했다. "이건 정말 웃기는 일이야."

"할 수 없어." 소피아가 속삭였다. "어두워지면 배로 슬며시 들어가서 집으로 가자."

할머니는 흉한 전나무 아래로 기어 들어갔다. 나뭇가지가 머리카락 사이로 비집고 들어왔지만 할머니는 아무 말도 하지 않았다. 시간이 좀 지나자 개 짖는 소리가 들렸다.

"저 집 블러드하운드야." 소피아가 할머니의 귀에 속삭였다. "저 집에 블러드하운드 있다고 내가 말 안 했어?"

"아니, 말 안 했는데." 할머니가 화가 나서 말했다. "그리고 그렇게 귀에다가 속삭이지 마. 안 그래도 상황은 충분히 나쁘니까."

개 짖는 소리가 점점 가까워졌고, 두 사람을 보자 소프라노로 바뀌었다. 작고 검은 개였고, 화가 난 만큼이나 두려워하며 마구 뒤섞인 감정으로 떨고 있었다.

"예쁜 강아지야!" 할머니가 달래듯이 말했다. "이놈아, 조용히 해!" 할머니는 주머니에서 각설탕을 찾아 개에게 던졌는데, 그러자 개는 거의 히스테리를 일으켰다.

"그 안에 혹시 누가 있나요?" 사장님이 외쳤다. 그는 사지로 기어서 전나무 아래를 들여다보았다. "이 개는 위험하지 않아요! 제 이름은 말란데르고, 여기는 아들 크리스토페르입니다. 토페라고 하죠."

할머니는 기어 나와 말했다. "이 아이는 제 손녀 소피아입니다." 할머니는 매우 품위 있게 대처했고, 머리카락 사이에서 전나무 바늘잎을 몰래몰래 뜯어내었다. 개는 할머니의 지팡이를 물려고 했다. 말란데르 사장은 개가 그저 놀고 싶어 하는 것이며, 개의 이름은 델릴라라고 말했다. "델릴라는 지팡이를 던져 주셨으면 하는 거예요. 물고 올 테죠. 아세요?"

"아, 정말요?" 할머니가 말했다.

아들은 목이 가늘고 머리가 길었으며, 잘난 척을 하려고 온갖 노력을 다 하는 게 보였다. 소피아는 그를 냉랭하게 바라보았다. 말란데르 씨는 할머니에게 아주 예의 바르게 팔을 내밀었고, 일행은 히스 벌판을 가로질러 돌아왔다. 함께 걸으면서, 그는 어떻게 자기 소원대로 바위섬에다 흔히 보는 단순한 집을 지을 수 있었는지, 자연과 가까이 지내면 사람은 더욱 자기다워질 수 있다든지, 이웃 섬에 살게 되었으니 이제 우리가 이웃이 된 게 아닌가 하고 생각한다는 둥 여러 이야기를 했다. 소피아가 올려다보니, 이 섬에서 사십칠 년을 살았다고 말하는 할머니는 뭐라고 설명할 수 없는 표정을 짓고 있었다. 말란데르는 놀라는 것 같았고, 목소리를 다듬고 바다에 대해 말하기 시작했다. 그가 얼마나 바다를 사랑하는지, 바다는 영원하다든지. 하지만 그는 갑자기 당황해서 말을 멈췄다. 아들은 휘파람을 불기 시작했고, 축구라도 하듯이 솔방울을 발로 차면서 테라스까지 올라왔다. 벤치 위에는 맹꽁이 자물쇠가 있었고, 주위에는 나사들이 놓여 있었다.

"하하." 아들 말란데르가 말했다. "도둑들이네. 맨날 똑같아."

아버지 말란데르의 얼굴이 어두워졌다. 그는 자물쇠를 밀어 놓으며 말했다. 누가 이럴 줄 알았겠느냐고, 그는 섬사람들을 늘 동경했다고……

"아마 그냥 호기심에서 그랬을 겁니다." 할머니가 급히 말했다. "문을 잠그면 사람들은 궁금해하죠. 그런 데에 익숙하지 않으니까요……. 문을 다 열어 놓고 열쇠를 못 같은 데 걸어 놓는 게 나아요……." 할머니는 갈팡질팡했고, 소피아는 얼굴이 새빨개졌다.

일행은 새로 사귄 이웃을 위해 건배를 하려고 집 안으로 들어갔다. "아버지의 궁전에 오신 것을 환영합니다." 토페 말란데르가 말했다. "먼저 들어가시죠." 덧창을 하나씩 열자 햇빛이 실내를 가득 채웠고, 사장님은 조망을 위한 창문이라고 설명하며 앉으라고 권하면서 집이 누추한 걸 양해해 달라고 말했다. 그리고 그는 럼으로 그로그(Grog)를 만드는 데 필요한 것들을 가지러 갔다.

할머니는 등나무 의자에 앉았고, 소피아는 등받이에 매달려 음침한 눈빛으로 주위를 둘러보았다.

"그렇게 화난 얼굴 하지 마라." 할머니가 속삭였다. "이건 사회생활이라고 하는 거야. 이런 것도 할 줄 알아야 해."

말란데르는 병과 잔을 가지고 와서 책상 위에 놓았다. "코냑하고 위스키예요." 그가 말했다. "하지만 레몬 주스를 더 좋아하시겠지요?"

"코냑을 주시면 좋겠네요." 할머니가 대답했다. "조금만 주세요. 물은 필요 없고요. 소피아, 너는 뭐 마시겠니?"

"딴것!" 소피아가 할머니의 귀에 속삭였다.

"소피아는 레몬 주스가 좋겠네요."라고 말하며 할머니는 생각했다. '애한테 예절을 좀 가르쳐야겠구나. 우리가 실수를 했어. 더 늦기 전에 자기 마음에 안 드는 사람들도 좀 만나게 해야지.' 건배를 했고, 말란데르는 말했다. "요새는 어황이 좀 어떻지요? 많이 무나요?"

할머니는 대답했다. "그물에만 잡히죠. 대구, 농어 그리고 가끔은 송어도 잡혀요. 해안 가까이에 있으니까요." 말란데르 사장은 사실 자기는 낚시를 별로 좋아하지 않는다고, 손 닿지 않은 원시성, 그러니까 사람이라고는 없는 고독 자체를 사랑한다고 말했다. 아들은 어쩔 줄 몰라 하며 손을 바지 주머니에 깊이 박았다. "고독이라고요." 할머니가 말했다. "물론이지요. 그건 사치예요." 말란데르가 말했다. "성장에 도움이 되지요. 그렇죠?"

할머니는 대답했다. "네. 사람들 사이에서도 고독할 수는 있지만, 좀 어렵긴 하죠."

"그래요, 맞습니다. 물론이죠." 말란데르가 무슨 뜻인지 분명하지는 않지만 적절하게 말했고, 한동안 침묵이 흘렀다.

"설탕 줘!" 소피아가 귀엣말을 했다. "너무 셔!"

"제 손녀딸이 음료에 설탕을 좀 넣었으면 한다네요." 할머니가 말했다. 소피아에게는 이렇게 말했다. "자꾸 내 목에 머리카락 늘어뜨리지 말고 좀 앉아. 그리고 내 귀에다가 그렇게 숨 쉬어 대지 말고."

토페 말란데르는 곶에 나가서 낚시를 좀 던져 보겠다고 말하고는 벽에서 낚싯대를 꺼내 밖으로 나갔다.

"저도 외로운 섬을 좋아해요." 할머니가 꽤 큰 소리로 말했다.

"이제 겨우 열여섯 살이랍니다." 아버지 말란데르가 말했다. 할머니는 몇 명이 같이 사는지 물었고, 말란데르는 다섯 명이라고, 그리고 가끔 친구나 일 도와주는 사람들이 좀 온다고 말했다. 그러더니 갑자기 우울해져서 한 잔 더 하자고 했다.

"아니요, 괜찮습니다." 할머니가 말했다. "이제 집에 가 봐야 할 것 같아요. 코냑이 아주 훌륭하네요." 할머니는 나가다가 멈추어 서서 창틀에 놓인 조개껍데기를 바라보았다. 말란데르가 말했다. "아이들을 위해서 모았어요."

"저도 조개를 모으지요." 할머니가 대답했다. 개는 밖에 가만히 서서 기다렸고, 지팡이를 물어 오려는 것 같았다. "소피아." 할머니가 말했다. "개에게 뭐라도 던져 보렴." 아이는 막대기를 하나 던졌고, 개는 바로 물어 왔다. 소피아는 "델릴라, 잘했어!" 하고 말했다. 할머니는 생각했다. '이렇게라도 남들의 이름을 외워야 한다는 걸 알게 되겠지. 그것 또한 사회생활을 하는 데에 필요해.'

자갈을 쌓아 둔 곳에서 말란데르는 여기에 장차 배를 댈 다리를 놓을 생각이라고 말했고, 할머니는 다리는 어차피 얼음에 다 쓸려 가니까 차라리 굴림대와 윈치를 사용하라고 했다. 그리고 작은 보트나 부표도 대안이 될 수 있다고 말했다. 그러고는 생각했다. '내가 또 너무 급했구나. 꼭 피곤하면 남의 일에 참견을 한다니까. 물론 일단은 부두를 만들겠지. 처음에는 다들 그렇게 하니까. 우리도 했어.' 노가 잘못 놓여서 밧줄과 얽혀 있었다. 정신없이 급하게 출발했다. 할머니와 소피아가 노를 저어 떠나는 동안 말란데르는 해안을 따라 걸으며 곶까지 와서 손수건을 흔들었다.

좀 멀리까지 왔을 때 소피아가 말했다. "아우아우아우."

"아우아우아우가 무슨 소리냐?" 할머니가 물었다.

"저 사람은 그냥 방해받고 싶지 않은데 자기도 그걸 모르는 거야."

"무슨 뜻이야?"

"그래도 부두는 짓겠지."

"어떻게 알아?"

"아가야." 할머니가 조급하게 말했다. "사람은 누구나 실수를 한단다." 할머니는 매우 지쳐서 집으로 가려고 했다. 섬을 방문한 일로 할머니는 어딘가 슬퍼졌다. 말란데르한테는 뭔가 생각이 있었지만, 스스로 이해하려고 애를 써도 아직은 시간이 더 필요하리라. 너무 늦은 뒤에야 이해하는 것들이 있으니까. 그러고 나면 더 이상 처음부터 다시 시작할 힘이 없다. 아니면 중간에 다 잊어버리고는 잊어버린 줄도 모른다. 집으로 노를 저어 오는 동안 할머니는 수평선을 끊는 커다란 집을 바라보았고, 항로 표지처럼 생겼다고 생각했다. 좀 너그럽게 봐주면 항로 표지라고 할 수도 있었다. 여기서 항로가 바뀐다는 표시 말이다.

폭풍이 칠 때마다 식구들은 말란데르 생각을 했고, 어떻게 하면 그 사람의 배를 구할 수 있을까 궁리했다. 그가 소피아네 가족을 방문하지는 않았으므로, 그의 집은 끊이지 않는 고민과 상상의 대상이 되었다.

가운

소피아의 아빠에게는 매우 아끼는 가운이 있었다. 아주 두껍고 뻣뻣한 펠트로 만들었으며 발까지 닿는 긴 가운이었는데, 시간이 흐르는 동안 소금물과 흙과 다른 것들이 묻어서 더 뻣뻣해졌다. 가운은 아마 독일산이었을 것이고, 원래는 초록색이었다. 앞면에는 끈이 복잡하게 자리하던 흔적이 있었고, 어두운 호박색의 아주 커다란 단추들이 제자리에 붙어 있었다. 이 옷을 펼치면 마치 텐트처럼 넓었다.

처음에, 젊었을 때, 아빠는 폭풍이 칠 때 가운으로 몸을 감싸고 곶에 앉아서 파도를 바라보았다. 나중에는 일할 때나 추울 때, 아니면 그냥 몸을 숨기고 싶을 때 사용했다.

가운은 온갖 위험을 겪었다. 친절하신 친척님들께서 아빠를 몰래 기쁘게 해 주려고 섬으로 와서 집을 정리해 줬던 때를 기억해 보자. 그들은 식구들이 사랑하고 아끼던 물건들을 많이 내다 버렸지만, 그중에서 제일 끔찍했던 일은 바로 그 가운을 바다로 끌고 가 떠내려 보낸 것이었다. 친척들은 옷에서 냄새가 났다고 했다. 하지만 그건 그 가운이 가진 매력의 일부였다.

냄새는 중요하다. 냄새는 경험한 모든 일들을 기억나게
하며, 추억과 포근함을 가득 품고 있다. 가운에서는 바다 냄
새와 연기 냄새가 났지만, 친척들은 제대로 냄새를 맡을 시간
이 없었는지도 모르겠다. 바람은 불다가도 방향을 바꾸어 되
돌아왔으며, 섬에 와서 부딪히던 파도는 어느 날인가 가운을
다시 집으로 실어 왔다. 물풀 냄새가 났지만 아빠는 여름 내내
거의 이 옷만 입고 다녔다. 어떤 해 봄에는 생쥐 가족이 가운
에 집을 지었다. 옷깃에는 보드랍고 복슬복슬한 안감이 있었
는데, 생쥐들은 안감을 쏠아서는 잘게 씹은 손수건과 잘 섞어
서 침대로 사용했다. 한번은 아빠가 너무 불 가까이서 잠이 드
는 바람에 옷이 불에 그을리기도 했다.

나이를 먹자 아빠는 가운을 다락에 놓고 가끔씩 그리로
피해서 이런저런 생각을 했다. 그래서 다른 사람들은 아빠가
가운을 입으면 생각 중이려니 했다. 길고 어둡고 신비로운 가
운은 남쪽 박공 아래에 자리를 잡았다.

소피아가 떼쓰는 나이가 되었던 여름은 비가 오고 추워
서, 삐치더라도 밖에 있기에는 별로 좋지 않았다. 소피아는 종
이 상자 위에 앉아서 가운을 바라보았다. 소피아는 마음을 상
하게 하는 온갖 끔찍한 말들, 가운이 맞받아칠 수 없는 갖가지
말들을 쏟아 놓았다.

때로 소피아는 할머니와 카드놀이를 했다. 두 사람은 경
쟁적으로 속임수를 썼기 때문에, 저녁에 카드놀이를 하다 보
면 언제나 다툼으로 끝났다. 전에는 안 그랬었는데 이상한 일
이다. 할머니는 자기가 떼쓰는 나이일 때 어땠었나 더듬어 보
았지만, 기억나는 것이라고는 보기 드물게 순하고 착했던 아

이뿐이었다. 워낙 똑똑했기 때문에, 떼쓰는 나이를 여든다섯 살이 될 때까지 미룰 수 있다는 사실을 벌써 알고 일단은 몸을 사리기로 했었다. 비는 계속 내렸고, 아빠는 아침부터 저녁까지 방에서 등을 돌리고 줄곧 일했다. 소피아가 하는 말을 듣고 있는지 아닌지 전혀 알 수가 없었다.

"아이고, 예수님." 소피아가 말했다. "킹을 들고 앉아서 아무 말도 안 해?"

"하느님 이름은 함부로 부르면 안 돼." 할머니가 말했다.

"하느님이라고 안 했어. 예수님이라고 했지."

"예수님도 하느님만큼 중요해."

"아니야!"

"맞아!"

소피아는 카드를 땅에 던지고 외쳤다. "그 가족이 어쨌건 상관 안 해! 세상 어떤 가족도 상관 안 해!" 그리고 계단을 올라가 다락에 가서는 뚜껑처럼 여는 천창을 닫아 버렸다.

다락은 워낙 천장이 낮아서 기어 다녀야 했다. 방심했다가는 서까래에 머리를 부딪히기 십상이었다. 그리고 매우 좁아서 아끼느라 안 쓰다가 잊힌 물건들, 늘 거기 있지만 친척들의 눈에는 들어오지도 않는 물건들 사이로 좁은 통로만 하나 있었다. 통로는 남쪽 박공에서 북쪽 박공까지 이어져 있으며, 천장의 들보들 사이는 푸른색으로 회칠이 되어 있었다. 소피아에겐 손전등이 없었고, 다락은 어두워서 달빛이 비치는 통로는 마치 지붕이 삐죽삐죽한 집들 사이로 난 어두운 도로 같았다. 도로의 한끝에는 달빛이 희게 빛나는 하늘이 창을 통해 안을 들여다보고 있었고, 그 창문 아래에 가운이 있었다. 주름들이 뻣뻣해져서 새카만 그림자로 가득한 형체였다. 천창을 그렇게 세게 닫고 올라왔으니 소피아는 다시 내려갈 수가 없었다. 그래서 계속 기어가서 종이 상자 속에 들어가 앉았다. 가운의 한쪽 소매가 상자가 열린 곳에 걸려 있었다. 소피아가 바라보는 사이에, 소매가 잠시 일어섰다. 아주 살짝. 그리고 가운의 발치에서도 뭔가가 살며시 움직였다. 주름도 잠깐 꿈틀거렸다. 그러더니 가운은 다시 꿈쩍없이 놓여 있는 상태가 되었다. 하지만 소피아는 보았다. 가운 안에서 뭔가가 살아 움직였다. 가운이 통째로 살아 있었는지도 모른다. 소피아는 어렵고 힘든 상황에서 취할 수 있는 제일 쉬운 방법을 택했다. 그냥 자 버리기로 한 것이다. 품에 안겨서 침대로 옮겨질 때도 소피아는 자고 있었지만, 가운 안에 뭔가 위험한 게 살고 있다는 사실만큼은 다음 날 아침에도 여전히 기억했다. 하지만 아무에게도 말하지 않았다. 소피아는 이런 놀라운 사실을 혼자만 간직했으며, 며칠이 지나도록 어딘가 부루퉁해 있었다. 비는 그쳤다. 소피아는 삐죽삐죽한 그림자를 그리면서, 달은 아주 조그맣게 그렸다. 달이 거대한 어둠인 하늘 한가운데에서 잊혀 버린 것이다. 소피아는 이 그림을 누구에게도 보여 주지 않았다. 그 위험한 무엇은 가운의 주름 속, 아주 깊은 곳에 있었다. 가끔씩 움직였고, 더 깊이 기어 들어갔다. 겁이 나서 이빨을 내보이는 그것은, 죽음보다도 더 위험했다.

저녁 무렵이면 소피아는 매일 계단을 올라갔다. 그냥 잠깐 다락에 코만 내밀고 천창을 통해서 잠시 그 안을 둘러보았다. 목을 뺀으면 가운 자락이 보였다.

"뭐 하니?" 할머니가 물었다.

"관심 끊어!" 소피아가 사람을 정말로 약 오르게 하며 빽빽거렸다. "휘이, 휘이!"

"창 닫아. 바람 들어온다." 할머니가 말했다. "밖에 나가서 뭐라도 해." 그러고는 벽을 향해 돌아누워 책을 계속 읽었다. 두 사람 다 정말 이상해졌고, 서로의 사이도 서먹해지고 사소한 일로 다투었다. 날은 흐리고 바람은 계속 바뀌었으며, 아빠는 책상에서 일만 했다.

소피아는 가운 생각이 점점 더 떠올랐다. 그 안에 아주 빠른 뭔가가 살고 있었지만, 지금까지는 망을 볼 수가 없었다. 그 짐승은 몸을 얇게 만들어 문틈으로 들어가 다시 몸을 사릴 수도 있고, 그림자처럼 침대 밑으로 기어갈 수도 있었다. 먹지도 자지도 않았고, 세상 사람들을 모두 미워했지만 특히 식구들을 미워했다. 소피아 또한 아무것도 먹지 않았다. 아마 빵만 먹은 것 같다. 집에 빵과 버터가 떨어지는 게 소피아 때문인지를 확인할 수는 없었다. 어쨌건 아빠는 어느 날 먹거리를 사러 가게에 갔다. 물통과 함께 석유와 휘발유를 담을 통을 싣고, 살 물건 목록을 벽에서 떼어 들고 출발했다. 떠날 때는 남서풍이 불었는데, 몇 시간 안 되어 바람이 거세져 파도가 섬의 끝을 덮었다. 할머니는 라디오로 일기 예보를 들으려고 했지만, 버튼을 찾지 못해 들을 수 없었다. 그러고는 자꾸자꾸 북쪽 창문에 가서 밖을 내다보지 않으려고 애썼다. 글을 읽어도 머리에 들어오지 않았다.

소피아는 해안까지 내려갔다가 다시 올라와서는 식탁에 앉았다. "할머니는 계속 책만 보네!" 소피아는 목소리를 높여 소리를 질렀다. "계속 책만 본다고!" 그리고 몸을 식탁 위로 던지고 울었다.

할머니는 일어나 앉아 말했다. "다 괜찮아질 거야." 그러고는 속이 좀 안 좋아져서 커튼 뒤에서 루파트로를 찾았다. 소피아는 계속 울면서 팔 아래로는 할머니가 어떻게 하나 보고 있었다. "나도 속이 안 좋아!"라고 외치고 소피아는 벌떡 일어나서 식탁에 토했다. 그러고는 곧바로 얼굴이 창백해져서 침대에 앉았다.

"누워 봐." 할머니가 말했고, 소피아는 누웠다. 두 사람 다 누워서 짧고 세게 몰아치며 다가오는, 점점 거세지는 바람 소리에 귀를 기울였다.

"마을에 가면 말이다." 할머니가 말했다. "마을에서는 가게에서 한참 기다려야 해. 사람들이 줄을 서서도 다들 세월아 네월아 하지. 다음에는 젊은이가 부두로 달려가서 석유와 휘발유를 부어 줘야 하고. 우편물을 찾으려면 가게 주인의 베란다에서 직접 찾아야 해. 돈이 왔으면 누군가 건물에 들어가서 도장을 가져와야 하고. 그러고는 커피를 마셔야지. 그리고 끝으로 세금도 내야 해."

"그리고 그다음에는?" 소피아가 물었다.

"물건들을 다 배로 날라야지." 할머니는 계속 말했다. "물건을 잘 싣고, 젖지 않도록 덮어야 해. 그리고 배로 가다 보면 꽃을 꺾을 수 있겠다는 생각도 들고, 그러고 나면 말이 배가 고프니까 빵을 줘야 해. 그런데 빵은 가방 맨 아래에 들어 있고……."

소피아는 "난 빵을 너무 먹었어!"라고 외치고는 다시 울기 시작했다. "추워!"

할머니는 소피아에게 담요를 덮어 주려고 했지만, 아이는 담요를 발로 차고 내던지며 다 싫다고 소리쳤다.

"조용히 해!" 할머니가 외쳤다. "안 그러면 너한테 침을 뱉을 거야!" 소피아는 아주 조용해지더니 말했다. "가운 줘."

"다락에 있잖니." 할머니가 말했다.

"가운 줘." 손녀딸이 대답했다.

그래서 할머니는 다락으로 가는 계단을 올라갔다. 올라갈 만했다. 올라가서는 창문으로 기어가서 가운을 들고 천창까지 끌고 왔다. 그리로 가운을 떨어뜨리고, 잠시 천창 부근에 앉아서 쉬었다. 이 위에 올라온 건 아주 오랜만이었다. 상자에는 '끈', '낚시', '깡통', '잡동사니', '천 조각과 헌 바지'라고 써 있었다. 예전에 할머니가 쓴 것이었다. 천장은 푸른색으로 칠했지만, 아교를 너무 적게 써서 색이 떨어지고 있었다.

"뭐 해?" 소피아가 외쳤다. "속이 안 좋아?"

"아니." 할머니가 대답했다. "아까보다 괜찮아." 할머니는 아주 조심하며 한쪽 다리를 뻗어 사다리를 찾았다. 그러고는 엎드린 채 몸을 뒤집어 다른 다리를 아래로 내렸다.

"천천히 해!" 소피아가 아래에서 외쳤다. 소피아는 할머니의 뻣뻣한 다리가 사다리를 한 칸 한 칸 디디고 바닥까지 내려오는 모습을 보았다. 할머니는 가운을 들고 침대까지 왔다.

"먼저 잘 털어야 해." 소피아가 말했다. "그게 밖으로 떨어지게."

할머니는 무슨 말인지 알 수 없었지만 어쨌든 가운을 털었다. 그게 소매로 나와서 문틈으로 사라졌다. 가운은 전과 똑같은 냄새가 났다. 아주 무거웠고, 순식간에 어둡고 따뜻한 동굴이 되었다. 소피아는 바로 잠이 들었고, 할머니는 북쪽으로 난 창문 앞에 앉아서 기다렸다. 틈새에서 바람 소리가 났고, 해가 천천히 떨어졌다. 할머니는 눈이 원시라, 배가 도착하기 삼십 분도 전에 벌써 봤다. 흰 수염 같은 물거품이 나타났다가는 다시 사라졌다.

배가 바람이 적은 쪽에 도착하자, 할머니는 침대에 누워 눈을 감았다. 잠시 후 온통 젖은 소피아의 아빠가 들어왔다. 그는 먼저 바구니를 내려놓고는 파이프에 불을 붙였다. 이윽고 등을 켜고 석유를 채우러 나갔다.

거대한 비닐 소시지

바다 가운데 있는 아주 작은 섬에는 흙이 없고 이탄(泥炭) 뿐이라는 걸 소피아는 알고 있었다. 이탄에는 물풀과 모래와 값을 따질 수 없는 새똥이 섞여 있어서, 식물들은 돌 틈에서도 너무나 잘 자랐다. 해마다 몇 주일 동안은 바위 틈새 여기저기에서 이 나라 어디에서보다도 강렬한 빛깔로 꽃이 피었다. 육지에 더 가까운 푸른 섬에 사는 불쌍한 인간들은 잘 가꾸어진 정원으로 만족하고, 아이들에게 잡초를 뜯고 몸이 휘어질 때까지 물을 실어 나르게 할 수밖에 없었다. 하지만 작은 섬은 자급자족한다. 눈 녹은 물과 봄비와 이끼를 먹고, 혹시나 건조해지면 다음 해 여름까지 기다려서 꽃을 피워 낸다. 꽃들도 이런 데 익숙해서, 뿌리 속에서 참을성 있게 기다린다. "그 꽃들 때문에 부담을 느낄 필요는 없지."라고 할머니는 말한다.

맨 처음에 피는 꽃은 양고추냉이였다. 키는 몇 센티미터 안 되지만, 건빵만 먹고 사는 뱃사람들에게는 없어서는 안 될 풀이다.[8] 그다음 열흘쯤 지나 피는 것은 운하 표시 뒤, 바람이 막힌 데서 피는 삼색제비꽃이었다. 소피아와 할머니는 늘 꽃을 보러 거기로 가곤 했다. 어떤 때는 5월 말에 꽃이 나오고 어떤 때는 6월에 피기도 했는데, 오래 관찰해 주어야 하는 꽃이었다. 소피아는 이 꽃이 왜 그렇게 중요하느냐고 물었고, 할머니는 대답했다. "맨 처음 피는 꽃이니까."

"아니야. 두 번째야." 소피아가 대답했다.

"하지만 늘 똑같은 자리에 피지." 할머니가 말했다. 손녀딸은 따지고 보면 그건 다른 꽃들도 다 마찬가지라고 생각했지만 아무 말도 하지 않았다.

할머니는 날이면 날마다 해안을 따라 걸으며 무엇이 자라고 있나 살펴보았다. 이끼가 밖으로 삐져나와 있으면 원래의 구멍으로 밀어 넣었다. 할머니가 걷는 모습은 물떼새를 연상시켰다. 뻣뻣한 다리로 천천히, 때때로 멈추어 서서 머리를 이쪽저쪽으로 돌리고 주위를 샅샅이 관찰한 다음 가던 길을 계속 갔다.

할머니는 언제나 논리적인 사람은 아니었다. 자급자족하는 작은 섬 때문에 부담을 느낄 필요는 없다는 사실을 알면서도 날이 건조해지면 아주 불안해했다. 그래서 저녁 무렵에 오리나무 밑에 물통을 숨겨 놓은 늪지로 가서는 커피 잔으로 바닥에 남은 물을 끝까지 긁었다. 그리고 돌아다니며 자기가 특별히 아끼는 식물에 물을 한두 방울씩 떨어뜨렸다. 그러고 나서 물통을 다시 숨겨 놓았다. 가을에는 자연에서 거둔 씨앗을 성냥갑에 모아 두었다가 마지막 날에 섬에 뿌렸다. 어디에 뿌리는지는 아무도 몰랐다.

큰 변화가 생긴 것은 소피아의 아빠가 꽃 카탈로그를 우

---

8 비타민 C 부족으로 생기는 괴혈병을 다스리는 데 도움이 된다고 한다.

편으로 받기 시작하면서부터였다. 아빠는 이제 꽃 카탈로그 만 읽었다. 그러고는 네덜란드에 편지를 써서, 봉투로 가득 채워진 상자를 받았다. 봉투 하나하나에는 가벼운 털에 감싸인 베이지색 알뿌리가 들어 있었다. 아빠는 한 상자 더 주문했고, 그러자 암스테르담에서 감사 선물이 왔다. 도자기로 된 나막신 모양의 꽃병, 그리고 '하우에트 판 무이크'나 뭐 그 비슷한 이름을 한 회사의 알뿌리였다. 늦가을에 아빠는 알뿌리를 심으러 혼자 섬으로 돌아왔고, 겨울 내내 식물, 덤불과 나무에 관한 책을 읽었다. 식물들을 더 잘 이해하고 싶어서였다. 모두 예민하고 섬세한 식물들이니까 과학적으로, 조심스럽게 다루어야 했다. 제대로 된 진짜 흙을 주고 규칙적으로 물을 주지 않으면 살지 못했다. 가을에는 얼지 않도록 덮어 주어야 했고, 봄에는 썩지 않도록 그것을 다시 치워 주어야 했으며, 들쥐와 폭풍과 더위와 서리로부터 보호해 주어야 했다. 아빠는 그걸 다 알고 있었고, 그래서 관심이 생겼는지도 모른다.

다음 해에 섬으로 돌아왔을 때, 식구들은 배 두 척을 묶어서 달고 왔다. 육지에서 실어 온 커다란 진짜 검은 흙덩이를 땅으로 굴려 왔고, 흙덩이는 잠자는 코끼리들처럼 바닷가에 놓여 있었다. 검은 비닐봉지에 싸인 식물들이 담긴 상자와 자루와 바구니들은 베란다로 옮겨다 놓았으며, 봉지로 포장한 뿌리까지 달린 덤불과 나무 그리고 연약한 가지들이 심긴 수백 개의 작은 이탄 화분은 집 안에 보관해야 했다.

봄은 늦게 왔다. 매일같이 진눈깨비와 폭풍이 몰아쳤다. 난로가 떨릴 정도로 불을 때고 창문마다 담요를 쳐서 바람을 막았다. 벽 앞에 여행 가방들을 쌓아 놓았고, 바닥에는 나란히 다닥다닥 서서 추위를 피하는 식물들 사이로 좁은 통로만 남

았다. 가끔씩은 할머니가 균형을 잃어서 화분을 깔고 앉기도 했지만 보통은 다시 몸을 세웠다. 난로 주위에는 말려야 하는 땔감을 쌓아 놓았고, 옷은 천장에 널어놓았다. 베란다에도 포플러와 시멘트와 덤불이 플라스틱으로 덮여 있었다. 폭풍은 계속 불었고, 때로는 진눈깨비가 비로 바뀌었다.

소피아의 아빠는 날마다 6시에 일어났다. 불을 피우고 차를 끓이고는 식구들을 위해 샌드위치를 준비해 놓고 밖으로 나갔다. 이탄을 넓적한 덩어리로 크게 떼어 내었고, 그 자리를 깨끗하게 파냈다. 숲에, 그리고 온갖 곳에 깊은 구덩이를 파고 검은 진짜 흙으로 채웠다. 커다란 돌들을 굴려 와서 마당을 둘러 바람을 막는 담을 쌓았다. 집의 벽과 소나무 주위에는 무슨 식물이라도 기어오르면서 자라도록 망을 둘렀고, 시멘트로 된 둑을 짓기 위해 늪지를 파 엎었다. 할머니는 창가에 서서 바라보았다. "늪지 물이 이십 센티미터는 올라오겠네. 노간주나무가 별로 안 좋아할 텐데."

"저기는 점이 박힌 수련하고 붉은 수련이 자라겠네." 소피아가 말했다. "노간주나무가 뭘 좋아하는지 누가 신경을 쓰겠어?"

할머니는 아무 말도 하지 않았다. 하지만 파낸 이탄을 어느 날인가에 다시 살려 내서 뒤집어 놓기로 했다. 이탄 속에 데이지꽃이 가득하다는 걸 알았기 때문이었다.

저녁에 아빠는 파이프에 불을 붙이고 앉아 흙의 화학적인 구성에 대해 깊이 생각했다. 식탁과 침대가 모두 꽃 카탈로그로 뒤덮였고, 알록달록한 사진들은 램프 불빛에 반짝였다. 소피아와 할머니는 식물들의 이름을 다 익혔고, 서로 물어봐 주었다. 식물 하나하나를 위해서 대문자로 또박또박 쓰인 이름

표도 만들었다.

"프리틸라리아 임페리알리스." 소피아가 말했다. "포르신티아 스펙타빌리스! '삼색제비꽃'보다는 훨씬 그럴듯하잖아."

"그럴듯하다고?" 할머니가 말했다. "삼색제비꽃은 '비올라 트리콜로르'라고 하니까 알고나 있어. 그리고 정말 귀하신 분들은 문패를 안 다는 법이야."

"우리도 도시로 돌아가면 문패 있잖아?" 소피아는 그렇게 말하면서 계속 글씨를 썼다.

어느 날 밤 바람이 잠들고, 그 대신 끊임없이 비가 왔다. 갑자기 고요해지는 바람에 할머니는 잠이 깨었다. 그리고 생각했다. '이제 심기 시작하겠구나.'

해가 뜰 때 집은 눈부신 빛으로 가득 찼다. 하늘에는 구름이 없었고, 바다와 섬에서는 아지랑이가 올라왔다. 소피아의 아빠는 옷을 입고, 최대한 아무 소리도 내지 않고 밖으로 나갔다. 그는 포플러를 덮은 비닐을 걷고, 나무를 바닷가 풀밭 위쪽의 구덩이로 가지고 갔다. 포플러는 삼 미터 반이나 되었다. 아빠는 뿌리 주변에 흙을 보태고 나무의 몸통을 사방에 밧줄로 고정시켰다. 그리고 장미를 숲으로 가져가서 히스 사이에 심고 다시 파이프에 불을 붙였다.

이 모든 식물들을 심고 나니 오랜 기다림의 시간이 왔다. 하루하루가 똑같이 조용하고 따뜻했다. 네덜란드에서 온 알뿌리는 갈색 껍질을 열고 싹이 밖으로 자라 나왔다. 둑 안의 연못에서는 흰 뿌리가 촘촘한 철망 속에 갇히고 돌에 고정된 채로 진흙 속에서 움직였다. 섬 어디에나 새로 나온 뿌리들이 버틸 곳을 찾았고, 나무와 꽃의 줄기에는 생명이 흘렀다. 어느 날 아침, 소피아는 문을 열어젖히고 외쳤다. "구도시닉 튤립이 나왔어!"

할머니는 최대한 빨리 밖으로 나가서 안경을 썼다. 가느다랗고 푸른 싹이 땅 밖으로 삐죽이 나와 있었다. 분명하고 확실하게, 이건 처음 나온 튤립의 모습이었다. 두 사람은 싹을 한참 바라보았다.

"플레스만 박사일 수도 있겠네." 할머니가 말했다. (하지만 사실은 존 T. 스케페르스 부인이었다.)

봄은 아빠의 수고를 풍성하게 갚아 주었고, 포플러만 빼고 모든 것이 자라기 시작했다. 봉오리에 물이 올랐고, 쭈글쭈글하고 반짝거리던 잎들은 바로 펴지고 커졌다. 포플러만 밧줄에 묶여 헐벗은 채로 서 있었고, 처음 왔을 때와 같은 모습이었다. 6월이 될 때까지 맑은 날씨가 이어졌고 비가 오지 않았다.

섬 전체에 이끼에 반쯤 묻힌 비닐 호스가 조직적으로 깔렸다. 놋쇠 고리로 호스들을 엮었고, 호스들은 민물을 받아 놓는 통 아래에 있는 펌프로 다 연결되었다. 물통 위에는 물의 증발을 막는 커다란 비닐 덮개가 있었다. 모두 충분히 생각해서 만든 물건들이었다. 아빠는 일주일에 두 번씩 펌프를 켰고, 호스와 곁가지들을 통해 갈색의 따뜻한 물을, 그 식물이 무엇을 필요로 하는가에 따라 샤워기처럼 흩뿌리거나 물줄기를 땅에 부어 주었다. 어떤 식물은 일 분 동안, 다른 화분은 삼 분이나 오 분씩 물을 주었고, 아빠의 부엌 시계가 울리면 귀한 물을 잠갔다. 당연히 그 물을 대지 전체에 나누어 줄 수는 없었으므로, 섬의 다른 부분들은 누렇게 말랐다. 바위 틈새의 이탄은 말라 갔고, 마른 소시지 조각처럼 가장자리가 위로 말렸다. 소나무도 꽤 죽었고, 매일 아침 변함없이 맑은 날씨가 찾아왔다. 섬의 해안을 따라 뇌우가 지나가기도 했고 갑자기 소나기가 쏟아지기도 했지만, 바다 위까지 퍼져 나가지는 못했다. 큰 물통의 물도 점점 줄어들었다. 소피아가 기도를 했지만, 나아지는 건 없었다. 어느 날 저녁 아빠가 물을 주고 있었는데, 펌프에서 꼬르륵거리는 소리가 어마어마하게 나더니 호스에서 힘이 빠졌다. 물통은 마지막 한 방울까지 비었고, 비닐 덮개는 수백만 개의 주름이 생기면서 바닥에 붙어 버렸다.

소피아의 아빠는 하루 종일 오르락내리락하며 곰곰이 생각했다. 계산을 해 보고 설계도 그려 보고는 전화를 하러 가게에 갔다. 심한 더위가 섬을 덮었고, 섬은 날마다 지쳐 갔다. 아빠는 가게에 가서 한 번 더 전화를 했다. 결국은 버스를 타고 시내로 갔다. 소피아와 할머니는 상황이 아주 심각하다는 사실을 알았다.

아빠는 커다란 비닐 소시지를 들고 돌아왔다. 시든 오렌지 같은 색깔이었고, 두꺼운 주름이 잡힌 데다 특별한 구조로 되어 있으며, 배의 반을 채웠다. 낭비할 시간이 없었으므로 펌프와 호스를 배로 날라 와서는 바로 출발했다.

바다는 덥고 습한 안개에 싸여 매끄럽고 평화로웠으며, 해안에는 변덕스러운 구름 기둥이 형성되어 있었다. 갈매기들은 배가 지나가도 날아오르지 않았다. 아주 중요한 여행이었다. 늪지 바위섬이라는 이름의 케르셰르까지 갔을 때, 배는 타르가 녹을 정도로 뜨거워졌다. 비닐 소시지의 냄새는 끔찍했다. 아빠는 펌프를 습지로 올렸다. 넓고 깊은 습지에는 사초와 황새풀이 자라고 있었다. 아빠는 호스를 고정시키고 소시지를 해안의 얕은 물로 굴리고는 펌프를 열었다. 호스에 물이 차더니 바위를 넘어가며 점점 부풀었다. 천천히, 천천히, 비닐 소시지가 커지기 시작했다. 전부 계산하고 기대한 그대로였다. 하지만 아무도 행운을 시험하고 싶지 않아서, 아무 말도하지 못했다. 소시지는 점점 더 커져서 매끄럽고 커다란 풍선,배 속에 수천 리터 물을 터질 만큼 가득 품은 오렌지색 구름이되었다.

"하느님, 제발 터지지 않게 해 주세요." 소피아가 기도했다.

터지지 않았다. 아빠는 펌프를 끈 뒤 다시 배에 내려놓았다. 그리고 호스를 배에 실었다. 아빠는 비닐 소시지를 선미에튼튼한 밧줄로 묶었고, 식구들에게 배 중간의 자리에 앉으라고 하고는 시동을 걸었다. 모터는 작동하기 시작했고, 밧줄이팽팽해졌지만 소시지는 꿈쩍도 하지 않았다. 그래서 아빠는육지로 가서 밀어 보려고 했지만, 아무 도움도 되지 않았다.

"어린아이들을 사랑하시는 하느님." 소피아가 중얼거렸다. "소시지가 움직이게 해 주세요!"

아빠는 다시 시도해 보았지만 역시 아무 일도 일어나지않았다. 결국 아빠는 비닐 소시지 위로 몸을 던졌고, 그러자소시지와 아빠가 함께 미끄러운 물풀 위로 미끄러져 천천히물속으로 들어갔다. 물이 길게 꿀꺽하면서 소시지와 아빠를삼킬 것 같았다. 소피아는 비명을 질렀다.

"이제 하느님 탓하지 마라." 일이 어떻게 되나 관심이 동한 할머니가 말했다.

소피아의 아빠는 배로 기어올라 단번에 모터를 켰다. 모터는 바로 움직였고, 동시에 소피아와 할머니는 바닥에 내던져졌다. 커다란 소시지는 팽팽한 밧줄과 함께 천천히 바닷속으로 들어갔고, 아빠는 난간 밖으로 내다보며 무슨 일이 벌어지는가 바라보았다. 소시지는 물풀 사이를 헤치고 지나갔고, 물이 깊어지는 곳에서는 시야에서 사라지며 쉭 소리를 내는 모터와 같이 물속으로 빠져 버렸다. 식구들은 이물 쪽으로 기어 왔다. 뱃전에서 수면까지는 십 센티미터밖에 되지 않았다.

"다시는 기도 안 할 거야." 소피아가 화가 나서 말했다.

"그래도 다 아시는걸." 뱃머리에 하늘을 향해 누운 할머니가 말했다. 할머니는 하느님이 먼저 좀 노력을 한 사람을 도우시는 거라고 생각했다.

비닐 소시지는 살아 있는 듯 물로 커다란 거품을 만들면서, 바닥의 그림자가 아른거리는 초록빛 바닷속까지 부드럽게 헤치고 앞으로 나아갔다. 빗물이 소금물보다 가볍다는 건 다 아는 사실이지만, 지금은 펌프가 진흙과 모래를 많이 빨아들인 상태였다. 배는 매우 더웠고, 가솔린 냄새가 났다. 모터는 미친 듯이 움직였다. 할머니는 잠이 들었다. 바다는 언제나처럼 반짝였고, 구름은 층층이 쌓였다. 어마어마한 비닐 소시지는 천천히 암초 위로 미끄러져 들어갔고, 반대쪽으로 부딪히며 떨어졌다. 모터가 급히 움직이기 시작했다. 배는 달리기 시작했지만 다시 속도가 일정해졌고, 그래서 물이 빠르고 조용하게 선미로 흘러갔다. 일은 그렇게 계속되었지만, 매우 느릿느릿했다. 할머니는 코를 골았다. 비는 없지만, 거센 천둥소리가 섬들 사이를 가로지르며 다가왔고, 검은 회오리바람이 물 위를 스치고 바로 사라졌다. 배가 길다란 곳을 돌았을 때 다시 쾅 하는 소리가 났다. 비닐 소시지는 암초 위로 미끄러져 버렸고, 할머니는 잠이 깼다. 반짝이는 물살이 난간 위로 잠깐 쏟아지는가 했더니 바로 몸이 젖었다. 이제는 그렇게 덥지 않았고, 구름 조각들이 정신없이 하늘을 날아다녔다. 배 위의 물은 이제 따뜻하고 기분 좋게 느껴졌다. 주변은 어두워졌고, 물이 얕은 곳은 노랗게 빛났으며, 비 냄새가 났다. 먹구름의 그림자가 바다 위로 가까워지는 동안 배는 살살 해안으로 다가갔다. 세 사람은 불확실함과 긴장감의 마술에 사로잡힌 듯 말없이 배에 앉아 있었다. 여기는 물이 좀 얕아서, 비닐 소시지가 바닥에 부딪힐 때마다 배 안으로 물이 튀었다. 결국 파도가 난간 위를 온통 덮었고, 천둥까지 제대로 치기 시작했다.

아빠는 바람 소리를 내는 모터를 멈추고, 물을 헤치며 육지로 걸어갔다. 소피아는 호스를 들고 따라갔다. 할머니도 아주 조심스럽게 난간 위로 몸을 넘겨서는 역시 육지로 걸어갔다. 가끔은 조금 헤엄을 쳤지만, 그저 헤엄치면 어떤 느낌인지 기억하기 위해서였을 뿐이었다. 그리고 할머니는 바위 위에 앉아 신발에서 물을 털었다. 만 전체가 작고 험한 파도로 뒤덮였고, 해안으로 떠밀려 온 비닐 소시지는 천국의 오렌지처럼 빛났다. 아빠는 소시지를 끌어와서 흔들었고, 오렌지 빛깔의 배와 황동으로 된 배꼽은 하늘로 천천히 떠올랐다. 호스를 연결하자 커다란 진흙과 모래 덩어리가 공중으로 터져 나왔다! 즉시 물줄기가 바위 위로 쏟아져서, 이끼도 공중으로 튀어 올랐다. "물이다! 물이다!" 온통 젖고 약간 히스테릭한 상태가 된 소피아가 외쳤다. 맥박이 뛰는 호스를 끌어안고 펌프질을 느껴 보았다. 클레마티스, 넬리 모저와 프리지아를 위한 물, 프리틸라리아와 오렐로와 드로츠키 부인을 위한 물, 철쭉과 포르시치아 스펙타빌리스를 위한 물이었다. 힘센 물줄기가 포물선을 그리며 섬 위로 뻗치고 말라붙은 웅덩이 위로 쏟아졌다. "물이다!" 소피아가 외치며 포플러를 향해 달려갔고, 기대했던 대로 뿌리에서 나오는 푸른 싹을 보았다. 바로 그 순간에 비가 왔다. 따뜻하고 힘찬 빗줄기. 섬은 이중으로 축복을 받았다.

할머니는 평생 검소하게 살아야 했고, 그래서 낭비를 할 기회가 오면 쉽게 빠져들었다. 할머니는 습지와 물통과 바위 틈새가 물로 차고 넘치는 광경을 보았다. 그리고 바람을 쏘이려고 밖에 내놓은 매트리스와 저절로 설거지가 되고 있는 그릇들을 바라보았다. 행복해서 한숨이 나왔고, 정신이라고는 없는 채로 주전자를 손에 들고 커피 잔에 물을 채워 데이지꽃에 부어 주었다.

악당들의 배

바람 없이 더운 어느 8월의 저녁에, 멀리 바다에서 나팔 소리가 길게 울렸다. 최후의 심판을 알리는 듯했다. 두 줄로 매달린 램프들이 완만한 곡선을 그리며 섬으로 다가왔고, 거대한 모터보트는 웅웅 소리를 냈다. 소리로 보면 분명 값나가는 빠른 배였다. 램프들은 선명한 푸른색에서 선홍색, 흰색까지 온갖 색깔로 빛났다. 바다가 온통 숨을 죽였다. 소피아와 할머니는 잠옷을 입고 바위 위에 서서 그 광경을 하나도 놓치지 않고 바라보았다. 이 낯선 배는 모터를 끈 채로 점점 가까이 미끄러져 들어왔고, 불빛을 받은 이물의 파도는 춤추는 불꽃처럼 보였다. 그러더니 배가 바위 아래로 사라졌다. 소피아의 아빠는 급히 바지를 입더니 이들을 맞으러 뛰어 내려갔다. 한동안 아무 소리도 없더니 항구 쪽에서 약하게 음악 소리가 들려왔다.

"잔치를 벌이네? 파티야!" 소피아가 속삭였다. "우리도 저리로 가 보자! 얼른 옷 입고 저리로 가자!"

하지만 할머니는 말했다. "잠깐만 있어 봐. 아빠가 데리러 올 때까지 기다리자."

둘은 침대에 누워 기다리다가 바로 잠이 들었다. 다음 날 아침이 되자 배는 이미 떠나고 없었다.

소피아는 바위에 엎드려 울었다. "아빠가 우리를 데리러 올 수 있었잖아!" 소피아가 외쳤다. "하지만 파티를 하면서 우리는 자게 내버려 뒀어. 절대로 용서 못 해!"

"아빠가 잘못했지." 할머니가 단호하게 말했다. "일어나면 내가 얘기를 좀 할 거야."

신비로운 배의 모습이 막을 길 없이 계속 떠올랐고, 소피아는 걱정이 되어 울기 시작했다.

"코 풀어." 할머니가 말했다. "엄청 실망스럽긴 하지만, 그래도 코는 풀어. 네 꼴 좀 봐라." 할머니는 잠시 기다리더니 말했다. "내 생각에 그 사람들은 아주 나쁜 사람들이었을 거야. 그 배는 그냥 상속받은 거고. 배에 대해선 아무것도 몰랐겠지. 하지만……." 할머니가 복수심에 불타 말했다. "배는 자기네가 꾸몄나 봐. 색깔이 끔찍해."

"진짜?" 소피아가 흐느끼면서 일어나 앉았다.

"색깔이 끔찍하다고." 할머니가 다시 말했다. "밤색과 노란색과 베이지색 섞인 연보라로 된 번뜩거리는 실크 커튼에, 스탠드하고 플라스틱 그릇 그리고 인두로 태워서 만든 그림이 있어. 물론 자기네 나름으로는 재치 있는 디자인이겠지. 게다가……."

"응, 응." 소피아가 조급하게 말했다. "그래서?"

"만약에 상속받은 배가 아니라면, 훔친 거겠지."

"누구한테서?"

"딱한 밀수꾼한테서겠지. 그리고 그 밀수꾼이 긁어모은

126

걸 다 뺏었을 거야. 술까지 모두 다. 자기들은 주스밖에 안 마시면서 말이지. 그 사람들이 관심 있는 건 돈뿐이거든. 그래서 그렇게 했지." 할머니는 한참 신이 나서 말을 이어 갔다. "그러고는 해도도 노도 없이 그냥 출발해 버린 거야."

"할머니는 지금 그 얘기를 진짜라고 생각하면서 하는 거야?"

"부분적으로는." 할머니가 조심스럽게 말했다.

소피아는 일어나서 코를 풀고 말했다. "인제, 인제 어떻게 된 건지 내가 말해 볼게. 가만 들어 봐. 아빠가 내려갔을 때, 그 사람들은 아빠한테 96도짜리 술 한 병을 통째로 팔려고 했을 거야. 엄청 비쌌겠지. 이제 할머니가 아빠라고 생각하고, 뭐라고 했을지 말해 봐."

"아마 당당하게 이렇게 말하겠지. 96도 술을 산다는 건 내 자존심의 문제입니다. 하려고만 한다면 내가 직접 생명을 걸고 바다에서 건져 내겠죠. 이제 뭐라고 하시겠어요? 그리고 제 식구들은 이 술맛이 끔찍하다고 하네요. 자, 이제 네 차례야."

"아, 아, 그러십니까? 식구들이 있으신가요? 어디에 있지요?"

"여기 없습니다."

소피아는 외쳤다. "하지만 우리는 계속 여기 있었잖아! 아빠는 왜 우리가 여기 있다고 말을 안 했을까?"

"우리를 구하려고."

"왜? 특별한 일이 생기는데 왜 우리를 구해야 해? 나한테 거짓말하는 거지? 음악을 틀어 놓고 춤을 추는데 우리를 구해 줄 필요는 없어!"

"그냥 라디오를 켜 놓았을 뿐이야." 할머니가 말했다. "라디오만. 일기 예보하고 뉴스를 기다렸거든. 경찰이 자기네를 추격하고 있는지 알려고."

"할머니는 날 속이려고 그러지!" 소피아가 소리를 질렀다. "밤 1시에는 뉴스 안 해. 파티를 벌이고 신나게 놀았지. 그런데 우리만 빼놓은 거야!"

"말하고 싶은 대로 말하렴." 할머니가 화가 나서 말했다. "그래, 그 사람들이 파티를 하고 신나게 놀았다고 해. 하지만 우리도 아무하고나 파티를 하지는 않잖아."

"난 하는걸." 소피아가 위협적으로 말했다. "난 아무하고나 파티를 한다고. 춤만 출 수 있다면 말야. 아빠하고 나는 해!"

"그러시든지." 할머니는 그렇게 말하고 해안을 따라 걷기 시작했다. "그러고 싶으면 아무 악당하고나 파티를 하렴. 다리만 멀쩡하면야 뭐 그만이지."

배에서는 쓰레기를 밖으로 내다 버렸다. 비싼 쓰레기였고, 그걸 보면 뭘 했는지 다 알 수 있었다. 쓰레기는 거의 다 바위로 떠밀려 왔다.

"오렌지하고 사탕하고 가재!" 소피아가 하나하나를 강조하며 말했다.

"악당들은 가재를 먹는 걸로 유명하지." 할머니가 말했다. "몰랐니?" 할머니는 슬슬 짜증이 나기 시작했고, 이제 대화가 좀 교육적이어야 하지 않겠나 하는 생각도 들었다. "근데 악당들이 가재를 먹어서 안 될 건 또 뭐냐?"

"지금 중요하지 않은 얘기를 하고 있잖아." 소피아가 설명했다. "좀 스스로 생각을 해 봐. 나는 아빠가 악당들하고 가재를 먹으면서 우리를 잊어버린 얘기를 하고 있잖아. 그렇게 모든 일이 시작됐지."

"그래, 그래, 그래." 할머니가 말했다. "내 말을 못 믿겠거든 네가 뭐라도 생각을 내 보렴."

빈 올드스머글러 위스키병이 살짝 바위에 와서 부딪혔다. 아빠가 식구들을 잊어버린 게 아니라, 뭔가를 혼자 하는 편이 좋겠다고 생각했을지도 모르겠다. 헤아려 보면 이해도 된다.

"알겠어." 소피아가 외쳤다. "아빠한테 수면제를 먹인 거야. 아빠가 우리를 데리러 오려고 했을 때, 그 사람들이 아빠 잔에 수면제를 왕창 넣은 거지. 그래서 지금도 저렇게 오래 자는 거고."

"넴부탈?9" 잠자는 걸 좋아하는 할머니가 말했다. 소피아는 눈을 휘둥그레 뜨고 할머니를 바라보았다.

"그런 말을 하면 안 돼!" 소피아가 외쳤다. "아빠가 다시는 안 깨어난다고 생각해 봐!" 소피아는 바로 돌아서서 뛰기 시작했다. 펄쩍펄쩍 뛰고 달려가면서 놀라 울었다. 바로 그 순간 바로 거기, 생선 상자 위에 돌로 눌러 놓은 커다란 초콜릿 상자가 보였다. 분홍색과 초록색의 커다란 상자가 은색 리본으로 묶여 있었다. 환한 색깔 때문에 주위가 더 잿빛으로 보였고, 이 놀라운 상자는 어떻게 봐도 선물이었다. 리본에는 작은 편지가 달려 있었다. 할머니는 안경을 쓰고 읽었다. "함께하기에는 너무 늦거나 어렸던 사람들을 위해서."

"센스도 없네." 할머니가 잇새로 말했다.

"뭐라고 써 있어? 뭐래?" 소피아가 물었다.

---

9 신경 안정제.

"이렇게 써 있어." 할머니가 말했다. "우리가 정말 잘못했고, 모든 건 우리 책임이니까, 할 수 있으면 용서를 바란다."

"할 수 있어?" 소피아가 물었다.

"못 하지." 할머니가 말했다.

"아니, 할 수 있어. 특히 악당들은 늘 용서해야 해. 그 사람들이 정말로 악당들이라니 다행이지! 그런데 초콜릿에 독이 들어 있을까?"

"아니. 아닐 거야. 수면제는 아마 꽤 약했을 거야."

"불쌍한 아빠." 소피아가 한숨을 쉬었다. "간신히 빠져나왔겠지."

사실이 그랬다. 아빠는 저녁까지 머리가 아파서 먹지도 일하지도 못했다.

손님

소피아의 아빠는 커피 찌꺼기를 커피 주전자에서 내버리고 화분을 베란다로 들어다 내놓았다.

"왜 저러냐?" 할머니가 물었고, 소피아는 아빠가 없는 동안을 위해서라고, 화분을 밖에 내놓으면 더 잘 자란다고 말했다.

"없는 동안?" 할머니가 물었다.

"일주일 내내." 소피아가 대답했다. "그리고 우리는 아빠가 돌아올 때까지 더 안쪽 섬에 사는 누구네인가에 가서 지내야 된대."

"난 몰랐는데." 할머니가 말했다. "아무도 나한테 얘기 안 했어." 할머니는 손님방으로 들어가서 책을 읽으려고 해 보았다. 물론 화분은 잘 자랄 곳에 갖다 놓는 게 옳은데, 베란다에서는 그냥 두어도 일주일은 산다. 다만 집을 오래 비울 때는 화분을 누군가가 물을 줄 수 있는 데다 가져다 놓아야 하고, 그건 아주 귀찮은 일이다. 사람이 돌봐 주어야 하고 스스로 결정을 할 수 없는 다른 모든 것처럼, 화분도 함께 지내다 보면 책임이 된다.

"식사 시간!" 소피아가 문 앞에서 외쳤다.

"배 안 고파." 할머니가 말했다.

"속이 안 좋아?"

"아니." 할머니가 말했다.

바람은 그치지 않고 불었다. 이 섬에는 시도 때도 없이 바람이 불었다. 이쪽에서 불다가 저쪽에서도 불었다. 일을 하는 사람에게는 피난처, 아직 자라는 아이에게는 야생의 정원이었지만, 이랬건 저랬건 늘 그냥 그렇게 하루하루 지나가는 날들이었다.

"화났어?" 소피아가 물었지만 할머니는 대답하지 않았다. 외베르고르 가족이 찾아와서 우편물을 가져다주었고, 아빠는 도시에 가지 않아도 된다는 사실을 알게 되었다.

"잘됐네." 소피아가 말했다. 하지만 할머니는 아무 말도 하지 않았다. 할머니는 말수가 아주 줄었고, 더 이상 나무껍질로 배를 만들지도 않았다. 설거지를 하거나 생선을 다듬을 때면, 아무 재미도 없어 보였다. 날씨가 좋을 때 나무를 패는 곳에 앉아 얼굴을 해 쪽으로 향하고 천천히 머리를 빗지도 않았다. 책만 읽었지만, 책이 어떻게 끝나는가에도 더는 관심이 없었다.

"연 만들어 줄 수 있어?" 소피아가 물었다. 하지만 할머니는 못 한다고 말했다. 하루하루 지나며 두 사람은 서먹해졌고, 적대적으로 서로를 피하는 분위기마저 생겨났다.

"할머니가 19세기에 태어났다는 게 사실이야?" 소피아가 창문 사이로 아는 체하며 소리쳤다.

"1882년." 할머니가 또박또박 말했다. "혹시 그게 뭔지 네가 이해한다면."

"몰라!" 소피아는 외치고 가 버렸다.

섬은 보드러운 밤비의 축복을 받았다. 통나무가 많이 떠내려와서 건질 수 있었다. 아무도 찾아오지 않았고, 우편물도 없었다. 난초 하나에 꽃이 피었다. 만사가 다 괜찮았지만 어딘가 깊은 우울함이 깔려 있었다. 격하고 아름다운 천둥 번개가 치던 8월이었다. 하지만 무슨 일이 일어나도 할머니에게는 그저 시간이 왔다가 또 가는 거였고, 모든 것이 구름을 따라다니는 듯 헛된 일이었다. 아빠는 그저 책상에 앉아 일을 할 뿐이었다.

어느 날 저녁 소피아는 혼자 편지를 써서는 문 아래로 밀어 넣었다. 편지에는 "할머니 미워. 소피아."라고 써 있었다.

완벽한 맞춤법으로 쓴 편지였다.

소피아는 연을 만들었다. 다락에서 찾은 신문에 어떻게 하면 된다고 그림이 그려져 있었지만, 그대로 똑같이 해도 연은 잘 만들어지지 않았다. 살들이 서로 붙지 않았고, 얇은 종이는 찢어졌으며, 풀은 엉뚱한 데 가서 붙었다. 연을 완성했지만, 날아오르는 대신 스스로 몸을 부수려는 듯이 땅으로 내리박았다. 결국 늪지의 웅덩이에 빠졌고, 소피아는 그 연을 할머니 방의 문 앞에 놓고 가 버렸다.

'똑똑한 애네.' 할머니가 생각했다. '연이라……. 훌륭한 상징이지. 언젠가는 내가 제대로 나는 연을 만들어 주리라는 걸 아는 거지. 하지만 소용없어. 다 똑같아.'

어느 평온한 날, 선미에 작은 모터가 밖으로 달린 흰 배가 섬을 향해 왔다. "베르네르네." 할머니가 말했다. "또 셰리주를 가지고 왔구나." 할머니는 잠시 꾀병을 부릴까 생각했지만 마음을 바꾸어 그를 만나러 내려갔다.

베르네르는 리넨으로 만든 모자를 썼고, 아주 말쑥해 보였다. 배는 안쪽의 어느 섬에서 온 게 분명했지만, 그래도 날렵해 보이려고 애를 썼다. 배의 용골은 중간이 높았다. 베르네르는 도움을 거절하고, 양팔을 벌리고 할머니에게 다가오며 외쳤다. "아, 내 오랜 친구가 아직도 살아 있네!"

"보시다시피." 할머니는 냉랭하게 말하고 베르네르에게 안겼다. 할머니는 술을 가지고 와서 고맙다고 말했고, 베르네르도 대꾸했다. "내가 다 기억하지. 1910년대에 샀던 것과 똑같은 셰리야."

'바보 같으니.' 할머니가 생각했다. '왜 나는 셰리가 정말 싫다고 말을 못 할까. 그러기엔 너무 늦었지.' 할머니가 자잘한 일에 대해서 별 걱정 없이 솔직해도 될 나이가 되었음을 생각하면 정말 아쉬운 일이었다.

두 사람은 상자에서 농어를 꺼내어 평소보다 좀 일찍 식사를 했다. "건배!" 베르네르가 진지하게 말하며 할머니를 바라봤다. "여름이 끝나 갈 때, 나이가 들어 마지막 풍경을 경험하는 건 어딘지 모르게 행복한 일이지. 주위는 조용해지고 우리는 각자 자기 갈 길을 걷는데, 그러다가 온 세상이 평화로운 저녁 무렵에 바닷가에서 만나는 거야."

둘은 셰리를 아주 조금 마셨다.

할머니는 말했다. "그럴지도 모르지. 하지만 오늘 밤에는 잔바람이 좀 분다고 했어. 이 배는 몇 마력짜리야?"

"3마력." 소피아가 대답했다.

"4.5마력." 베르네르가 짧게 말하고는 치즈 조각을 들고 창밖을 내다보았다.

할머니는 그가 마음이 상했다는 점을 알 수 있었고, 커피를 마시면서 할 수 있는 데까지 다정하게 굴어 보았다. 그리고 함께 산책을 가자고 했다. 둘은 감자밭으로 가는 계단을 내려갔고, 할머니는 땅이 고르지 않을 때면 그의 팔에 기대었다. 아주 따뜻하고 평온한 날이었다.

"다리는 어때?" 베르네르가 물었다.

"나쁘지." 할머니가 사실대로 말했다. "하지만 어떤 날은 괜찮아." 그리고 할머니는 그에게 요새 무엇을 하며 지내냐고 물었다.

"음, 이것저것 조금씩 하지." 그는 아직도 기분이 풀리지 않았다. 갑자기 그가 외쳤다. "그리고 바크만손은 떠났어!"

"어디에 있는데?"

"더 이상 이 세상 사람이 아니지." 베르네르가 화가 난 듯이 말했다.

"아, 죽었구나." 할머니가 말했다. 할머니는 죽음을 돌려 말하는 수많은 표현들, 그리고 조심스러운 온갖 금기에 대해 생각했다. 늘 관심이 있었으니까. 이 문제에 대해서 지적으로 대화를 할 수 없다는 건 아쉬운 일이다. 다들 너무 어리거나 너무 늙었거나 시간이 없어서.

이제 그는 다른 죽은 사람 이야기를 하고 정말 불친절한 가게 직원 이야기도 했다. 여기저기 지어지는 건물들은 너무나 흉측했고, 사람들은 허락도 없이 남의 땅에 배를 대는데, 그래도 발전은 지속될 수밖에 없으니까.

"아, 다 말도 안 되는 소리지." 할머니가 말했다. 할머니는 멈춰 서서 그에게 얼굴을 돌렸다. "바보 같은 짓을 하는 사람이 점점 늘어난다고 해서 난리를 칠 필요는 없어. 너도 알겠지만, 발전이란 완전히 다른 거야. 이건 변화, 커다란 변화지."

"아이, 무슨." 베르네르가 얼른 말했다. "무슨 말을 하려는지 알겠어. 말하는 데 끼어들어서 미안하지만, 나한테 신문도안 읽느냐고 물으려고 했지?"

"절대 그렇지 않아!" 아주 속이 상한 할머니가 외쳤다. "나는 그저 궁금하지도 않느냐고 물으려고 했어. 아니면 걱정이되거나 겁이 나지 않느냐고."

"아니, 전혀 아닌데." 베르네르가 솔직하게 대답했다. "나도 걱정이 될 때가 있기는 하지." 그의 눈에는 걱정스러운 빛이 감돌았다. "세상에 마음에 드는 게 하나도 없어? 왜 말을그렇게 해? 그저 소식을 전하고 있을 뿐인데."

두 사람은 감자밭을 지났고 바닷가의 풀밭까지 왔다. "저건 진짜 포플러나무야." 대화 주제를 바꾸어 보려고 할머니가말했다. "뿌리를 내리고 있지. 한 친구가 라플란드에서 진짜백조 똥을 가져다주었는데, 나무한테 좋았지."

"뿌리를 내린다고." 베르네르가 말을 받았다. 그는 잠시침묵하더니 말했다. "손녀딸과 함께 살다니, 참 좋겠네."

"관둬." 할머니가 말했다. "구닥다리 비유로 말하는 짓 좀그만해. 나무뿌리 이야기를 했더니 바로 손녀딸 이야기라니.왜 그렇게 돌려 말하고 비유를 사용하는 거야? 겁이라도 나는거야?"

"아니, 무슨 말이야." 베르네르가 완전히 낙심해서 말했다.

"미안해." 할머니가 말했다. "나름 다정하게 굴려는 거야.소중하게 여긴다는 걸 보여 주려는 거지."

"노력은 한 거 같은데." 베르네르가 부드럽게 말했다. "칭찬을 할 때는 좀 조심하는 게 좋겠어."

"그래. 맞는 말이지." 할머니가 말했다.

두 사람은 평화롭게 침묵하며 곳을 향해 걸어갔다. 결국 베르네르가 말했다. "전에는 마력이나 비료 이야기는 안 했는데."

"그때는 그런 게 재미있다는 걸 몰랐지. 현실적인 것들도 흥미로울 수 있어."

"하지만 자기 자신과 개인적인 문제들에 대해서는 이야기를 안 하네." 베르네르가 말했다.

"제일 중요한 것에 대해서는 말을 안 하는 거 아닐까." 할머니가 말했다. 그러고는 말을 멈추고 생각했다. "어쨌건 전보다는 안 하지. 할 이야기는 이제 다 한 거 같아. 그러고 나서 이야기할 가치가 없다는 걸 깨달았지. 아니면 할 권리가 없다고 생각했거나."

베르네르는 말이 없었다.

"성냥 있어?" 할머니가 물었다. 베르네르는 담배에 불을 붙였고, 두 사람은 집으로 발길을 돌렸다. 아직은 바람이 일지 않았다.

"저기 저 배는 내 것이 아니야." 그가 말했다.

"그렇겠지. 갑판이랑 다 있는 배니까. 빌린 거야?"

"그냥 끌고 왔어." 베르네르가 말했다. "그냥 끌고 여기까지 온 거야. 다들 시도 때도 없이 나를 챙겨 주니까 정말 불편해."

"일흔다섯도 안 되었잖아." 할머니가 말했다. "그런데도 마음대로 하고 싶은 건 하고, 하기 싫은 건 안 할 수 없어?"

베르네르는 말했다. "그렇게 간단하지가 않아. 남들 생각을 해야지. 그 사람들도 어느 정도 나를 책임지고 있으니까.

그리고 난 어차피 걸리적거리는 짐밖에 안 돼."

할머니는 가만히 서서 지팡이로 이끼를 좀 파헤쳤고, 그 이끼를 다시 적당한 파인 곳에 다시 밀어 넣었다. 그리고 계속 길을 걸었다.

"가끔씩 아주 우울할 때가 있어." 베르네르가 말했다. "자기에게 제일 중요한 것에 대해서는 이야기를 안 하는 게 낫다고 했지. 그래도 난 하겠어. 오늘 나는 순전히 하면 안 될 말만 하는 것 같네."

바다는 저녁이 되어 노르스름했고, 변함없이 평온했다. "담배를 피워도 괜찮을까?" 그가 물었다.

할머니가 대답했다. "아, 물론이지, 베르네르."

베르네르는 작은 시가에 불을 붙였다. "사람들은 취미 얘기를 많이 해. 취미 알지?"

"응." 할머니가 대답했다. "뭔가에 흥미를 가져야지."

"수집하기." 베르네르가 말을 이었다. "그건 정말 어리석은 일이야. 난 뭔가를 만드는 게 좋아. 손으로 말이지. 하지만 손재주가 별로 없어."

"하지만 식물을 가꿀 줄 알잖아?"

"거봐!" 베르네르가 외쳤다. "너도 똑같아. 다 똑같아. 식물을 가꾸라고들 말하지. 어떻게 자라는가 구경하라고. 그 생각은 나 혼자도 했을 거야. 아무도 말을 안 했더라도."

"그래, 그 말은 맞지." 할머니가 말했다. "맞는 말이야. 사람에겐 뭔가를 느낄 기회가 필요하지."

그의 바구니와 스웨터를 가져왔고, 모두 작별 인사를 나눴다. 할머니는 셰리를 한잔하자고 했지만, 베르네르는 그건 선물이라고, 자기는 셰리를 좋아한 적이 없지만 두 사람이 함께 가지고 있는 추억 때문에, 그 기억이 소중해서 셰리도 소중하게 여겼다고 했다.

"그건 나도 마찬가지야." 할머니도 솔직하게 대답했다. "헤스트헬라르나를 지나 똑바로 배를 몰아. 그러면 계속 물살을 탈 수 있어. 그리고 그 사람들을 어떻게 속일지 생각해 봐."

베르네르가 대답했다. "그럴게. 약속해." 그는 외부 모터에 시동을 거는 데 성공했고, 제대로 배를 출발시켰다.

"누구를 속이라는 거야?" 소피아가 물었다.

"친척들이지." 할머니가 말했다. "도움이라고는 안 되는 친척들. 뭐 하고 싶냐고 그에게는 물어보지도 않고 이래라저래라 하거든. 그래서 베르네르는 지금 아무것도에 관심이 없지."

"끔찍하네!" 소피아가 외쳤다. "우리는 절대로 그렇게 안할 거야!"

"안 해. 절대 안 하지!" 할머니가 말했다.

지렁이와 다른 벌레들

어느 여름에, 소피아는 갑자기 온갖 벌레들을 무서워하기 시작했다. 작을수록 더 많이 무서워했다. 전에는 없던 일이었다. 거미 한 마리를 길들이려고 성냥갑으로 꾀어 넣는 데 성공한 이후로, 소피아의 여름은 애벌레들과 올챙이들과 기어 다니는 벌레와 지네와 다른 온갖 뭔지 모를 피조물들로 가득 찼었다. 소피아는 이 동물들이 살면서 원할 만한 갖가지 것들을 다 구해 주었고, 그러다가 심지어 자유까지 주었더랬다. 하지만 이제는 완전히 달라졌다. 소피아는 조심스럽게 겁먹은 걸음걸이로 동네를 돌아다녔고, 땅에 꾸물거리며 기어 다니는 것들을 뚫어지게 바라보았다. 덤불은 위험했고, 물풀도 위험했고, 빗물도 그랬다. 동물들은 어디에나 있었으니까. 책장사이에도 납작하게 깔려 죽어 있을 수 있었다. 기어 다니는 동물, 다치거나 죽은 동물들은 평생 피할 수 없는 것들이었다. 할머니는 이 문제에 대해 이야기를 하려고 시도했지만 소용이 없었다. 한번 이유도 알 수 없이 겁에 질리면, 도울 방법이 없었다.

어느 날 아침 뭔지 모를 알뿌리가 해안에 밀려왔고, 손님 방 창문 앞에 심기로 했다. 소피아가 구덩이를 파려고 삽을 땅에 꽂았는데 그 삽이 지렁이 한 마리를 끊어 버렸고, 소피아는 두 토막 난 몸통이 검은 표토 속으로 숨는 것을 보았다. 소피아는 삽을 던지고서 집의 벽 쪽으로 몸을 피하며 소리를 질렀다.

"다시 자라서 도로 전만큼 커질 거야." 할머니가 말했다. "당연히 다시 자라지. 전만큼 도로 커질 거야. 다 괜찮으니까 내 말을 믿어." 알뿌리를 땅에 박는 내내 할머니는 지렁이 이야기를 했다. 소피아는 다시 진정했지만 아직 창백했다. 그 상태로 말없이 베란다 계단에 쪼그리고 앉았다.

"내 생각에는." 할머니가 말했다. "지금까지 아무도 지렁이에 대해 충분히 관심을 갖지 않았던 것 같아. 정말로 관심이 있는 사람이 지렁이에 대해 책을 써야지."

저녁이 되자 소피아는 낚시라는 단어를 어떻게 쓰냐고 물었다.

"쌍기역이지." 할머니가 대답했다.

"책은 안 되겠어." 소피아가 성을 내며 말했다. "맞춤법을 계속 고민해야 하면, 그것 때문에 방해가 돼서 생각을 할 수가 없잖아. 그럼 어디까지 썼는지도 기억이 안 나고. 그럼 다 뒤죽박죽이 될 거야!"

책은 여러 장으로 되어 있었고, 전부 엮어서 제본이 되어 있었다. 소피아는 책을 바닥에 던졌다.

"제목이 뭐니?"

"조각난 지렁이에 대한 논문. 하지만 못 쓸 거야!"

"앉아서 불러 보렴." 할머니가 말했다. "뭐라고 쓸지 네가 말하면 내가 쓸게. 시간은 많잖아. 안경이 어디 갔지?"

책 집필을 시작하기에 딱 좋은 저녁이었다. 할머니는 첫 페이지를 펼쳤고, 해가 지면서 창문을 통해 충분한 빛이 들어 왔다. 그 페이지에는 이미 지렁이 반 마리를 그린 듯한 삽화가 있었다. 손님방은 조용하고 서늘했으며, 벽 뒤에는 아빠가 앉 아서 일하고 있었다.

"아빠가 일을 하면 좋아." 소피아가 말했다. "그럼 아빠가 여기 있는 게 분명하거든. 내가 뭐라고 썼는지 읽어 줘."

"1장." 할머니가 읽었다. "낚시할 때 지렁이를 사용하는 사람들이 있다."

"줄 바꾸고. 이제 할머니가 계속 써 줘. 그 사람들의 이름 을 쓰지는 않겠다. 하지만 아빠는 아니다. 지렁이 이야기를 하 자면, 지렁이는 겁이 나면 몸길이를 줄인다……. 얼마나 줄어 들지?"

"예를 들면 몸 길이의 6분의 1까지."

"예를 들면 몸 길이의 6분의 1까지. 지렁이는 짧고 굵어지 며, 그러면 더 찌르기가 쉬워진다. 지렁이는 그 생각을 못 했 겠지만. 하지만 머리가 좋은 지렁이라면, 그런 지렁이는 몸을 최대한 길게 해서 더 이상 찌를 게 없어지고, 결국은 아예 조 각이 난다. 학술적으로는 그렇게 해서 지렁이가 죽는 건지 아 니면 약은 짓을 한 것인지는 밝혀지지 않았는데, 왜냐하면 그 건 알 수가 없으니까……."

"잠깐만." 할머니가 말했다. "이렇게 쓰면 어때? '그 이유 는 지렁이가 단순히 두 토막이 나서인지, 아니면 지능이 높아 서인지는'라고 하면?"

"아무렇게나 써." 소피아가 조급하게 말했다. "이해만 할 수 있으면 그만이지. 이제 내 말 막지 마. 그냥 계속 써. 분열될 때, 지렁이는 아마 두 토막이 나면 각각 자란다고 잘 알고 있을 것이다. 줄 바꾸고. 하지만 그게 얼마나 아플지는 알 수 없다. 그리고 지렁이가 아플까 봐 두려워하는지도 알 수 없다. 어쨌건 지렁이는 뭔가 뾰족한 게 점점 다가온다는 것을 느낀다. 본능이다. 그리고 내가 할 말이 또 있는데, 지렁이가 작고 소화관 하나밖에 없다고 해서 아픈 것도 모른다고 말할 수는 없다. 분명히 아플 것이다. 일 초뿐일 수도 있겠지만. 난 이제 점점 길어지다가 중간에서 두 토막이 난 작은 벌레를 상상하는데, 그건 아마 이를 뽑을 때하고 비슷할 것이다. 하지만 아프진 않았겠지. 하지만 신경이 가라앉고 나면 지렁이는 자신이 짧아졌음을 느끼고, 다른 반 토막이 바로 옆에 있는 걸 본다. 이해를 돕기 위해서 이렇게 말해 보겠다. 두 토막이 땅에 떨어지고, 낚시 바늘을 가진 인간은 가 버렸다. 두 토막은 너무나 흥분했었기 때문에 더 이상 함께 자랄 수 없었다. 그리고 두 토막은 별로 깊이 생각해 본 것도 아니었다. 두 토막은 시간이 흐름에 따라 각자 점차 자기 방향으로 자라리라는 사실도 알고 있었다. 내 생각에 두 토막은 서로를 바라보고 징그럽게 생겼다고 여겼을 것이고, 그래서 최대한 빨리 반대 방향으로 기어갔다. 그리고 고민을 시작했다. 두 토막은 이제 자신들의 삶이 달라졌음을 느꼈지만, 어떻게 다른지는 몰랐다."

소피아는 하늘을 보고 침대에 누워서 생각해 보았다. 손님방은 어둑어둑해졌고, 할머니는 램프에 불을 붙이려고 일어났다.

"그만둬." 소피아가 말했다. "불을 켜면 안 돼. 손전등으로 해. '경험한다'가 맞는 말이야?"

"그렇지." 할머니가 대답했다. 할머니는 손전등을 켜서 머리맡 테이블에 놓고 기다렸다.

"그 이후에 지렁이가 경험하는 일은 뭐든지 절반으로 줄어들었을 수도 있다. 하지만 어딘가 마음이 놓였을 수도 있고, 자신이 하는 일들이 자기 책임이 아니라고 느꼈을 수도 있다. 두 토막은 서로 상대방에게 책임을 떠넘겼고, 이런 경험을 하고 나면 나는 더 이상 나 자신이 아니라고 말했다. 무슨 이유인지 모든 일이 더 복잡해졌다. 머리 쪽 끝과 꼬리 쪽 끝이 그렇게 멀어졌기 때문이다. 지렁이는 뒤로 가는 일이 없으니까, 한쪽에만 머리가 있는 것이다. 하느님이 지렁이를 쪼개질 수 있도록 만드셨다면, 뭔가 비밀 연결선 같은 게 꼬리 쪽 끝까지 이어져서 꼬리 쪽이 생각을 하도록 도와주어야 한다. 그렇지 않다면 지렁이가 혼자 계속 살 수 없을 테니까. 하지만 꼬리 쪽 끝에 있는 뇌는 아주 작다. 그 뇌는 아마 언제나 앞에서 만사를 결정했던 다른 반쪽을 기억할 것이다. 그리고 이제." 소피아는 이렇게 말하고 일어나 앉았다. "이제 꼬리 쪽 끝은 앞으로 어느 방향으로 자라야 할지 고민한다. 새로 꼬리를 만들어야 할까, 아니면 머리를 만들어야 할까? 계속 뒤따라 다니면서 모든 중요한 일의 결정을 맡겨야 할까, 아니면 다시 둘로 쪼개질 때까지 내가 모든 것을 결정할까? 그것도 재미있겠지. 하지만 지렁이가 자신이 꼬리라는 데 너무나 적응을 했기 때문에 만사를 전에 하던 그대로 내버려 둘 수도 있다. 내가 한 말 다 썼어?"

"다 정확하게 썼지." 할머니가 말했다.

"이제 그 장은 이렇게 끝나. 하지만 머리 쪽 끝은 더 이상 뒤에 아무것도 끌고 다니지 않아도 된다고 기뻐할지도 모른다. 하지만 누가 알겠는가. 아무도 정확하게는 모른다. 지렁이가 아무 때나 중간에서 쪼개질 수 있는지는 정확하게 알려지지 않았다. 하지만 어떻게 생각하건 낚시는 그만두어야 한다."

"그래, 그래." 할머니가 말했다. "논문은 끝이고 종이도 끝이야!"

"절대 끝 아니야!" 소피아가 말했다. "이제 2장이 시작이지. 하지만 그건 내일 만들 거야. 어때?"

"아주 그럴듯해."

"나도 그렇게 생각해." 소피아가 말했다. "내 말을 읽는 사람들은 여기서 배우는 게 있겠지."

둘은 다음 날 저녁 '다른 슬픈 동물들'이라는 제목으로 집필을 계속했다. "작은 동물들은 큰 문제다. 하느님이 작은 동물들을 아예 안 만드셨거나, 아니면 사람들이 미리 말을 할 수 있거나, 아니면 눈에 확 뜨이는 얼굴을 만들어 주셨더라면 좋았을 텐데. 줄 바꾸고. 나방의 예를 들어 보자. 나방은 날아다니다가 등(燈)으로 날아들어서는 불에 타고, 그러고도 또 등으로 날아든다. 그것이 본능일 리는 없다. 그러라고 만들어진게 아니니까. 나방은 아무것도 몰라서 그냥 그렇게 날아든다. 나중에는 하늘을 보고 누워서 다리들을 온통 떨다가 죽어 버린다. 다 썼어? 괜찮게 들려?"

"아주 괜찮아." 할머니가 말했다.

소피아는 일어서서 외쳤다. "이렇게 말해 줘. 나는 천천히 죽어 가는 모든 게 싫다고! 나는 내 도움을 받지 않는 것들을 미워한다고 해 줘! 다 제대로 썼어?"

"응, 썼어."

"이제 모기 차례야. 모기 생각이 많이 나. 다리 두 개를 망가뜨리지 않고는 도울 수가 없잖아. 아니, 다리 세 개라고 써 줘. 왜 모기는 다리를 접지 않는 거지? 어린아이들은 치과 의사를 깨물지만, 그래서 아픈 건 치과 의사지 아이들이 아니라고 써. 잠깐." 소피아는 머리를 손에 파묻고 더 생각을 했다. "'물고기'라고 써." 소피아가 말했다. "그리고 줄 바꾸고. 작은 물고기들은 큰 물고기들보다 천천히 죽는다. 하지만 사람들은 작은 물고기들을 더 괴롭힌다. 작은 물고기들은 끝도 없이 오랫동안 바위 위에서 숨을 쉬어야 하는데, 이건 사람을 물속에 잠수시켜 놓는 일이나 마찬가지다. 그리고 고양이." 소피아는 말을 계속했다. "고양이가 머리부터 먹기 시작하는지 어떻게 확인할 것인가? 왜 먼저 물고기를 제대로 죽이지 않나? 고양이는 피곤할지도 모르고, 잉어가 맛이 없어서 고양이가 꼬리 쪽부터 먹기 시작할 수도 있다. 그럼 나는 소리를 지른다. 나는 생선에 소금을 뿌리면 소리를 지르고, 물이 끓고 물고기가 펄쩍 뛰면 소리를 지른다. 그런 생선은 안 먹어! 잘들 한다!"

"말이 너무 빨라." 할머니가 말했다. "'잘들 한다!'라고도 써?"

"아니." 소피아가 말했다. "이건 논문이니까 '소리를 지른다.'에서 끝내." 소피아는 잠시 말이 없다가 다시 시작했다. "3장. 줄 바꾸고. 나는 가재를 먹지만, 가재를 삶는 건 보고 싶지 않다. 그걸 보면 가재가 무서워지고, 아주 조심을 해야 하니까."

"그 말은 맞지." 할머니가 말하며 킥킥 웃었다.

"아이구." 소피아가 외쳤다. "이건 심각한 문제야. 아무 말도 하지 마. 이렇게 써. 나는 들쥐를 싫어한다. 하지만 들쥐가 죽으면 그것도 싫다. 들쥐들은 땅속에 굴을 파고 아빠가 심어 놓은 양파를 먹어 버린다. 그리고 새끼들에게 어떻게 굴을 파고 양파를 먹는지 가르친다. 그리고 밤에는 서로 끌어안고 잔다. 들쥐들은 자기네가 골칫거리 동물인 줄 모른다. 이 단어 좋아?"

"아주 좋아."라고 말하고 할머니는 할 수 있는 한 빨리 받아썼다.

"그런데 들쥐는 약이 든 옥수수를 먹거나 뒷다리가 덫에 걸린다. 들쥐가 붙잡혀 있거나 배가 독으로 부풀어서 터지는 건 좋은 일이다! 하지만 어쩌겠는가? 이렇게 써 줘. 하지만 어쩌겠는가? 들쥐들이 나쁜 짓을 하기 전에 벌을 주는 건 불가능한 일이고, 나쁜 짓을 한 다음에는 이미 너무 늦은 것이다. 아주 어려운 일이다. 이십 분마다 새끼를 낳으니까."

"이십 일마다." 할머니가 중얼거렸다.

"그리고 새끼들을 가르친다. 이제 들쥐만이 아니라, 새끼들을 가르치는 모든 작은 동물들을 살펴보자. 동물들은 점점 많아지고, 그리고 또 새끼들을 가르치고, 그러면 모두 다 잘못 배운다. 가장 큰 문제는 너무 작아서 밟은 다음에야 눈에 보이는 동물들이다. 때로는 밟고도 못 보고 그저 알 뿐이고, 그럼 양심이 불편해진다."

"사람이 어떻게 하건 다 도움이 안 된다. 그러니까 아무것도 안 하고 그냥 다른 생각을 하는 게 낫다. 끝. 마지막에 그림 하나 넣을 자리 있어?"

"응." 할머니가 말했다.

"그건 할머니가 그려." 소피아가 말했다. "글은 어떻게 됐어?"

　"읽어 줄까?"

　"아니." 소피아가 말했다. "그럴 필요는 없을 것 같아. 난 지금 시간 없어. 하지만 할머니가 잘 보관해 두면 되지. 내 딸이랑 아들을 위해서."

소피아의 폭풍

그해 여름은 '일천구백 몇 십 몇 년'이 아니라 '큰 폭풍이 있던 여름'으로 기억되었다. 인간이 기억할 수 있는 한, 풍속 9의 동풍과 함께 온 그런 파도는 핀란드만에 없었다. 파도가 너무 험하게 쳐서, 그 높이와 길이로 보면 십 보퍼트나, 어떤 사람들 생각으로는 십일 보퍼트까지 될 것 같았다. 게다가 이 일은 주말에 일어났고 라디오에서는 약한 바람이 여러 방향에서 불 것이라고 했었기 때문에, 다들 날씨가 좋으리라 생각하고 배들을 그렇게 준비해 놓았다. 배들에게 피해가 없었다면 그건 오직 하느님의 은혜였다고 할 수밖에 없다. 폭풍은 반 시간만에 일어나서 급속하게 거세졌기 때문이다. 그 후에는 나라에서 보낸 헬리콥터들이 해안을 날아다니며 섬들 사이, 물이 가득 찬 배에 매달려 있는 사람들을 모았다. 헬리콥터들은 바위섬 하나하나에 내려가서 생명의 흔적이 조금이라도 남아 있는지, 아니면 무너져 가는 집이 있는지 살펴보았다. 그러고는 각각의 섬 이름과 살아남은 사람들의 이름을 가지런히 적었다. 모든 사람이 구조되리라는 걸 처음부터 알았더라면 폭풍에 주의를 기울이고 경탄할 수 있었을 텐데! 여러 해가 지나고도 사람들은 만나기만 하면 이때 무슨 일이 있었고 그 순간에 자기들은 어디에 있었으며 폭풍이 왔을 때 자기가 무엇을 하고 있었는가를 이야기했다.

그날은 따뜻했고, 노란 연무에 휩싸여 있었다. 느낄 수도 없는 움직임처럼, 긴 너울이 바다를 들락거리고 있었다. 사람들은 나중에 노란 연무와 너울 이야기를 많이 했고, 어릴 때 모험 이야기에서 들은 태풍 이야기를 기억하는 사람들도 많았다. 물이 유난히 매끈하게 반짝거렸고 평소보다 수면이 낮았다는 사람들도 있었다.

할머니는 주스와 빵을 바구니에 담았고, 점심때가 되어 노라그로셰르섬에 도착했다. 할머니가 노를 저어 주는 사이, 소피아의 아빠는 섬의 서쪽에 그물을 두 개 펼쳤다. 노라그로셰르섬은 아주 외롭고 우울했지만, 그래도 가끔은 가야 했다. 아무도 살지 않는 선로(船路) 안내인의 집은 길고 낮았으며, 러시아인들이 놓은 주춧돌은 갈고리로 바위에 고정되어 있었다. 지붕은 한쪽이 부서졌지만, 가운데 있는 작고 네모난 탑은 아직 성했다. 제비 수백 마리가 높은 소리로 울면서 집 주위를 쏜살같이 날아다녔다. 문은 크고 녹슨 자물쇠로 잠겨 있었고, 계단 옆에 열쇠가 있지도 않았으며, 엉겅퀴가 담장처럼 자라고 있었다.

아빠는 일을 하려고 물가에 앉았다. 아주 더운 날이었다. 너울은 점점 거세어졌고, 강하고 노란빛에 눈이 부셨다. 아빠는 바위에 기대어 잠이 들었다.

"벼락이 칠 것 같은데." 할머니가 말했다. "그리고 우물에서 이렇게 냄새가 난 적은 없어."

"거기 아마 시체투성이일 거야." 소피아가 말했다.

둘은 시멘트로 층층이 테를 두른 작은 구멍을 통해 어두운 우물을 들여다보았다. 둘은 노라그로셰르섬에 올 때마다 우물의 냄새를 맡아 보곤 했다. 그러고 나서는 선로 안내인의 쓰레기장을 보러 갔다.

"아빠는 어디 있니?"

"자."

"잘 생각했네." 할머니가 말했다. "뭐 재밌는 거 할 거면 나 깨워 줘." 할머니는 노간주나무 사이에서 모래가 깔린 곳을 찾았다.

"언제 먹어? 물놀이는 언제 하고?" 소피아가 물었다. "섬은 언제 돌아봐? 먹어? 물놀이해? 아니면 잠만 잘 거야?"

덥고 조용하고 외로웠다. 집은 짐승이 길고 납작하게 몸을 움츠린 모양이었고, 그 위로 제비들이 날카롭게 소리를 지르면서 칼날처럼 공기를 가르며 날아다녔다. 소피아는 물가를 따라 섬을 돌고는 다시 제자리로 왔다. 섬을 돌아도 바위와 노간주나무, 자갈과 모래와 마른풀 뭉치밖에는 아무것도 없었다. 태양광보다 강해서 눈을 아프게 하는 노란 안개가 하늘과 바다를 덮고 있었고, 너울이 높은 파도를 이루며 육지로 와서는 해안에서 부서졌다. 아주 큰 너울이었다. "하느님, 무슨 일이든지 벌어지게 해 주세요." 하고 소피아는 기도를 했다. "어린아이들을 사랑하시는 하느님. 지루해 죽겠어요. 아멘."

변화는 제비들이 조용해진 바로 그 순간에 일어났는지도 모르겠다. 가물거리던 하늘은 갑자기 비었고 새들도 사라졌다. 소피아는 기다렸다. 기도의 결과가 공기 중에서 느껴졌다. 소피아는 바다를 뚫어지게 바라보고 있었는데, 수평선이 검

어졌다. 바다에 검은색이 점점 퍼졌고, 기대와 두려움으로 소름이 돋았다. 검은색이 더 가까워졌다. 서걱서걱 획획 큰 소리를 내며 바람이 섬까지 불어와서 쓸고 지나갔고, 다시 조용해졌다. 소피아는 해안에서 기다렸고, 바닷가의 풀은 부드러운 털처럼 땅으로 눌렸다. 물 위에 다시 어둠이 덮였는데, 커다란 폭풍이었다! 소피아는 폭풍을 향해 달려갔고, 폭풍에 안겼다. 추우면서 동시에 더웠고, 소피아는 크게 외쳤다. "바람이 불어! 바람이 불어!" 하느님이 소피아에게 폭풍을 보냈고, 물이 불어났다. 하느님이 무한한 선의로 엄청난 양의 물을 땅으로 보내셨고, 물은 해안의 돌과 풀과 이끼를 넘어 노간주나무 사이로 넘쳤다. 소피아는 딱딱한 발로 땅을 두드리며 앞뒤로 뛰면서 하느님을 찬미했다. 모두가 빠르고 예민해졌으며, 이제는 무슨 일이 좀 벌어지기 시작했다!

아빠는 잠에서 깨었고, 그물 생각이 났다. 정박한 배의 옆면이 땅에 부딪혔다. 노는 달그락거리며 앞뒤로 굴렀고, 모터에는 물풀이 엉겼다. 아빠는 밧줄을 풀고 파도를 거슬러 배를 밀고는 노를 젓기 시작했다. 때때로 산더미 같은 너울이 바람이 막힌 쪽으로 밀려왔고, 그 위로는 하늘이 여전히 노랗고 텅 빈 채로 빛났다. 저 위에 하느님이 앉아서 소피아의 기도에 폭풍으로 응답하고 계셨으며, 해안 어디에나 혼란과 놀라움이 퍼져 있었다.

할머니는 깊이 잠든 채로 파도가 쿵쾅거리는 소리에 땅이 흔들리는 것을 느꼈고, 일어나 앉아서는 바다에 귀를 기울였다.

소피아는 할머니 옆의 모래에 몸을 던지고는 누워서 외쳤다. "이건 내 폭풍이야! 내가 폭풍을 달라고 기도를 했더니 폭풍이 왔어!"

"훌륭하네!" 할머니가 대답했다. "하지만 바다에 그물을 쳐 놓았는데."

그물을 혼자 거두기는 쉽지 않다. 바람이 불 때면 거의 불가능하다. 아빠는 모터를 살살 켜고 선수를 바다로 향하고는 그물을 걷기 시작했다. 첫 그물은 좀 찢어지긴 했어도 건질 수 있었지만, 두 번째 그물은 바닥에 걸려 버렸다. 아빠는 모터를 공회전시키면서 그물을 풀려고 했다. 그물을 묶은 줄이 끊어졌다. 결국 아빠는 그물 풀기를 포기하고 그냥 끌기 시작했다. 끊어진 줄들이 물풀과 물고기와 얽힌 채로 올라왔고, 아빠는 그 뭉치를 선창으로 던졌다. 소피아와 할머니는 해안에 서서 배가 험한 파도를 헤치며 땅으로 오는 모습을 바라보았다. 아빠는 뛰어내려서 몸을 배의 옆쪽으로 던지고 배를 끌었다. 곶을 돌아서 온 넓은 파도가 선미를 쳐서 배를 함께 밀어 주었고, 파도가 다시 물러나자 배는 안전하게 땅에 도착했다. 아빠는 배를 묶고 그물을 꺼냈고, 바람을 헤치기 위해 몸을 굽힌 채로 섬을 가로질러 집으로 갔다. 서로 딱 붙어 따라가는 할머니와 소피아는 눈이 시렸고 입술에서 소금 맛이 났다. 할머니는 보폭을 늘렸고 지팡이로 땅을 세게 짚었다. 우물 옆에 놓여 있던 쓰레기가 바람에 쓸려 왔다. 썩어서 백 년 후에 흙이 되려고 쉬고 있던 것들이 바람에 날아오르고 바닷가를 지나 폭풍이 치는 바닷속까지 소용돌이치며 갔다. 옛날 선로 안내인의 쓰레기, 우물에서 나던 냄새, 지나간 여름들의 느릿느릿한 우울함과 섬 전체가, 파도와 흩날리는 흰 거품에 깨끗하게 쓸려 간 것이다!

"마음에 들어?" 소피아가 물었다. "이건 내 폭풍이야! 재미있다고 해!"

"아주 재미있어." 할머니가 말하면서 소금물이 나가도록 눈을 깜박였다.

아빠는 그물을 계단 옆, 엉경퀴가 바람에 꺾여서 지금은 회색 양탄자가 된 자리에 내던지고는 파도를 보러 혼자 곶으로 나갔다. 시간이 없었다. 할머니는 바위에 앉아서 물고기를 빼내기 시작했다. 콧물이 흐르고 머리카락이 사방으로 휘날렸다.

"난 좀 이상해." 소피아가 말했다. "폭풍이 불면 난 유난히 상냥한 기분이 들어."

"그래?" 할머니가 말했다. "그럴지도 모르지……."

'상냥한 기분이 든다니.' 할머니는 생각했다. '아니, 난 절대 상냥한 기분이 들지 않아. 좋게 말해야 관심이 있을 뿐이지.' 할머니는 그물에서 농어를 꺼내어 바위에 쳤다.

아빠는 커다란 돌을 꺼내어 선로 안내인의 집 자물쇠를 깼다. 가족을 지키기 위해서 한 일이다.

세 사람은 좁고 어두운 복도로 들어갔다. 그 복도는 집을 두 개의 방으로 나누었고, 바닥 위에는 여러 해 전에 죽은 새가 놓여 있었다. 무너져 가는 집에 들어와 길을 잃고 나가지 못한 새들이었다. 헌 옷과 소금에 절인 생선 냄새가 났다. 폭풍 치는 소리는 어디에서나 들렸지만 이 안에서는 좀 더 위협적으로 들렸다. 폭풍이 점점 가까워졌다.

왼쪽 방으로 들어갔더니 아직 지붕이 성했다. 아주 작은 방인데, 철제 침대 두 개가 틀만 남아 있었고 회칠을 한 벽난로에는 환기통이 있었으며, 방 한가운데에는 테이블 하나와 의자 두 개가 있었다. 벽지가 아주 예뻤다. 아빠는 바구니를 바닥에 놓고, 세 사람은 주스를 마시고 빵을 먹었다. 그러고

나서 아빠는 일을 시작했다. 할머니는 바닥에 앉아서 물고기를 그물에서 빼냈다. 바다가 날뛰는 소리가 멈추지 않는 지진처럼 끊임없이 벽에서 느껴졌고 집 안은 아주 추웠다. 파도의 물거품이 유리창에 부딪혀 흘러내렸고, 창틀을 넘어 바닥까지 흘렀다. 아빠는 가끔씩 배를 내다보기 위해 일어섰다.

비탈진 바깥쪽 해안에서는 너울이 더 커졌고, 파도들이 줄지어 어지러울 정도로 높고 희게 일었다. 거품은 채찍처럼 바위를 쳤고, 공중으로 튀는 물이 높은 커튼처럼 섬을 쓸며 서쪽으로 갔다. 대서양의 폭풍이었다! 아빠는 다시 배로 가서 밧줄을 묶었다. 그리고 돌아와서는 선로 관리인의 집 다락에 올라가 땔감을 가져왔다. 벽난로는 처음에는 고집을 좀 부렸지만 불이 제대로 붙자 활활 타올랐다. 방은 아직 제대로 따뜻해지지 않았지만, 세 사람은 더 이상 춥지 않았다. 혹시 잠을 자고 싶은 사람이 있을까 봐 아빠는 벽난로 앞의 바닥에 청어잡이 그물을 펼쳤다. 그물은 너무나 낡아서, 손을 대자 부서졌다. 그리고 나서 아빠는 파이프에 불을 붙였고, 책상에 앉아 일을 계속했다.

소피아는 탑에 올라갔다. 탑의 내부는 아주 좁았고, 각 방향을 향해 하나씩 창 네 개가 있었다. 소피아가 보기에 섬은 이제 돌멩이와 빛깔 없는 땅으로 된, 아무것도 아닌 한 조각으로 줄어들었다. 반면 바다는 거칠었으며, 흰색과 노르스름한 회색을 띠었고 수평선도 없었다. 육지는 더 이상 시야에 없었고, 섬들도 없었다. 여기 이 섬 하나뿐이었다. 물이 밀려오고, 폭풍 한가운데서 보호를 받고 있으며, 기도를 들어주는 하느님을 빼고는 모두에게서 잊힌 이 섬. "아, 하느님." 소피아는 말했다. "제가 이렇게 중요한지는 몰랐어요. 저에게 잘해 주셨네요. 감사해요. 아멘."

점점 저녁에 이르렀고, 해는 붉어지면서 넘어갔다. 벽난
로에서는 불이 탔다. 서쪽 창문은 불처럼 빛났고, 벽지는 더
예뻐진 것 같았다. 벽지에는 온통 물기 때문에 생긴 얼룩과 균
열투성이였고, 이제는 무늬를 더 잘 알아볼 수 있었다. 하늘색
과 분홍색으로 섬세하게 그린 덩굴무늬였다. 할머니는 깡통
을 꺼내어 거기에 생선을 끓였다. 다행히도 소금을 찾을 수 있
었다. 식사 후에 아빠는 배를 보러 나갔다.

"밤새 안 잘 거야!" 소피아가 말했다. "이 모든 게 시작할
때 우리가 여기 오지 않고 그냥 집에 있었다면 얼마나 아쉬웠
겠어!"

"글쎄." 할머니가 말했다. "작은 낚싯배가 좀 걱정이 돼. 그
리고 창문을 닫고 나왔는지 모르겠네."

"낚싯배라." 소피아가 속삭였다.

"그래. 그리고 온실도. 또 글라디올러스는 아직 받침을 못
세웠어. 냄비들도 바다에 담가 놓았고."

"그만해!" 소피아가 외쳤다.

하지만 할머니는 신경 쓰지 않고 계속 말했다. "그리고 바
깥에, 물에 나가 있는 사람들 생각을 하고 있어……. 그리고
부서진 배들하고."

소피아는 할머니를 쳐다보며 외쳤다. "이게 다 내 책임
이라는 걸 알면서 어떻게 그런 말을 할 수가 있어! 내가 폭풍
을 보내 달라고 기도했고, 그래서 폭풍이 온 거잖아!" 소피아
는 큰 소리로 울기 시작했다. 부서진 배와 글리디올러스, 창문
과 사람들, 바다 밑에 굴러다니는 냄비들과 바람을 견디지 못
한 삼각기와 냄비 받침들의 끔찍하고 강렬한 이미지들이 긴

행렬을 이루어 눈앞을 지나갔다. 아이고! 모든 것이 부서지고 버려진 게 눈에 훤했다.

"낚싯배는 육지로 올려놓은 것 같아." 할머니가 말했다.

하지만 소피아는 팔로 머리를 감싸고 외스트라 닐란드를 덮친 모든 재앙의 무게를 느끼며 울었다.

"네 잘못이 아니지." 할머니가 말했다. "내 말 좀 들어 봐. 이건 어차피 왔을 폭풍이야."

"하지만 이렇게 커지진 않았을 거야!" 소피아가 울었다. "하느님하고 내가 이렇게 한 거야!"

해가 졌고, 방은 금세 어두워졌다. 벽난로에서는 불이 타올랐다. 바람은 여전히 세게 불었다.

"하느님하고 너라니." 할머니가 화가 난 듯이 말했다. "왜 하느님이 하필 네 말을 들어야 되겠니. 만약에 말이야, 다른 사람 열 명이 좋은 날씨를 달라고 기도했다면 말이지, 그런 사람들은 분명히 있을 테니까."

"하지만 내가 먼저 기도를 했잖아." 소피아가 우겼다. "그리고 할머니도 봤잖아. 날씨가 나빠지는 것을!"

"하느님은." 할머니가 말했다. "하느님은 할 일이 정말 많아서, 다 듣지도 못 해."

아빠가 돌아와서 땔감을 더 넣었다. 할머니와 소피아에게 나쁜 냄새가 나는 담요를 주고, 어두워지기 전에 파도를 보러 밖으로 나갔다.

"하느님이 다 듣는다고 했잖아." 소피아가 냉랭하게 말했다. "하느님은 우리가 기도하는 걸 다 듣는다고 할머니가 그랬잖아."

할머니는 청어잡이 그물 위에 누워서 말했다. "그렇긴 하지. 하지만 이번엔 내가 빨랐어."

"빨랐다니 무슨 말이야?"

"내가 먼저 기도를 했다니까."

"언제 기도했는데?" 소피아가 못 믿겠다는 듯이 물었다.

"오늘 아침에."

"하지만." 소피아가 까칠하게 말했다. "그런데도 할머니는 음식을 조금만 가지고 오고 옷도 조금밖에 안 챙겨 왔잖아! 하느님을 안 믿은 거야?"

"음, 그건……. 없으면 없는 대로 견디는 것도 재미있을 수 있겠다고 생각했지."

소피아는 한숨을 쉬고 말했다. "그래, 할머니 하는 일이 다 그렇지 뭐. 약은 먹었어?"

"먹었지."

"잘했네. 할머니가 무슨 짓을 했는지 생각하지 말고 잠이나 자. 아무한테도 말 안 할게."

"고마워." 할머니가 말했다.

다음 날 3시쯤에는 바람이 잦아들어서 집으로 출발할 수 있었다. 낚싯배는 베란다 앞에 뒤집어져 있었고, 배를 나르는 수레와 노와 국자는 모두 성했다. 창문도 닫혀 있었다. 할머니가 너무 늦게 기도를 해서 하느님도 구할 수 없는 게 몇 가지 있었지만, 바람이 바뀌자 하느님은 냄비들을 다시 해안으로 밀어 주셨다. 모두들 기대한 대로 헬리콥터가 왔을 때는 식구들 이름을 하나하나 다 적고 섬의 이름도 목록에 적었다.

위험한 날

아주 더운 어느 날 점심때쯤, 하루살이들이 섬에서 가장 키가 큰 소나무 주위에서 춤을 추기 시작했다. 하루살이를 모기와 혼동하면 안 되는데, 구름처럼 떼를 지어 세로로 춤을 춘다. 그러니까 현미경으로 보아야 하는 수백만, 수천만 마리의 작은 하루살이들이 언제나 박자를 맞추어 완벽하고 정확하게 오르락 내리락하면서 소프라노로 노래한다.

"결혼식 춤이야."라고 말하면서 할머니는 균형을 잃지 않고 위를 올려다보려고 애를 써 보았다. "우리 할머니는 보름달이 떴는데 하루살이들이 춤을 추면 아주 조심해야 한다고 그랬지."

"왜?" 소피아가 말했다.

"짝짓기를 하는 중요한 날이거든. 그러니까 모든 게 불안하지. 이런 날은 행운을 너무 많이 기대하면 안 돼. 소금을 쏟아도 안 되고, 거울을 깨도 안 돼. 그리고 제비들이 집을 떠나면, 할 수 있으면 저녁이 되기 전에 우리도 이사를 해 버려야지. 하여튼 참 귀찮은 일이야."

"할머니의 할머니는 어떻게 그런 말도 안 되는 소리를 생각해 낼 수가 있어?"

"그 할머니는 미신을 믿었거든."

"미신이 뭐야?"

할머니는 잠시 생각을 하더니 대답했다. "설명할 수 없는 걸 설명해 보려고 시도도 하지 않는 거지. 예를 들어서 보름달이 떴을 때 마법의 물약을 끓이는데 그게 진짜로 효과가 있는 거야. 할머니는 목사와 결혼을 했고 목사는 미신이라곤 전혀 안 믿었어. 할아버지가 아프거나 우울할 때면 할머니는 물약을 끓였지만, 불쌍하게도 몰래 해야 했지. 그리고 할아버지가 회복하면, 할머니는 인노셈체프의 물약 덕분이라고 할 수밖에 없었지. 계속 그러기는 힘든 일이었어."

소피아와 할머니는 바닷가에 앉아 그 이야기를 계속했다. 아름다운 날이었고, 바람 없이 긴 파도가 치는 날이었다. 바로 그런 날, 한여름에는 배가 해안에서 혼자 풀려나가는 일들이 생긴다. 크고 낯선 물건들이 바다에 실려 오는데, 가라앉는 것도 있고 뜨는 것도 있다. 우유는 상하고, 잠자리들도 절망적으로 춤을 춘다. 도마뱀들은 이제 겁이 없다. 달이 뜨면 붉은 거미들도 사람이 살지 않는 바위섬에서 짝을 짓는데, 그런 섬은 아주 작은, 흥분한 거미들로 만든 카펫에 덮인 것처럼 보인다.

"아빠한테 경고를 해야 할까." 소피아가 말했다.

"아빠는 미신을 믿는 것 같지 않아." 할머니가 대답했다. "그리고 미신은 지나간 먼 옛날의 이야기야. 너는 무엇보다도 네 아빠를 믿는 게 최고지."

"물론이지." 소피아가 말했다.

휘어진 가지로 만든 커다란 화환이 파도에 실려 왔다. 마치 거대한 동물이 바다 밑에서 움직이는 것처럼 보였다. 공기는 꿈쩍도 안 했고, 바위 위에서 열기에 가물거렸다.

"할머니의 할머니는 겁도 없었어?"

"없었지. 그리고 남들을 겁주는 걸 즐겼지. 아침을 먹을 때 와서, 오늘은 달이 지기 전에 누가 죽을 거라고 했어. 칼이 십자로 놓여 있으니까 그렇다는 거지. 아니면 꿈에 검은 새가 나왔거나."

"난 지난밤에 마르모트 꿈을 꿨어." 소피아가 말했다. "조심한다고, 달이 질 때까지 뼈가 안 부러지게 한다고 약속해?"

할머니는 약속을 했다.

이상하게도 우유가 정말로 상했다. 검은 나비가 집 안으로 날아 들어와서 거울 위에 앉았다. 게다가 저녁때, 아빠의 책상 위에 칼과 사인펜이 십자로 놓여 있는 게 아닌가! 소피아는 급히 이 둘을 나란히 놓았지만, 벌어진 일은 벌어진 일이다. 소피아는 손님방으로 달려가 문을 양손으로 두드렸고, 할머니가 얼른 문을 열었다.

"큰일이 났어." 소피아가 속삭였다. "칼하고 사인펜이 아빠 책상에 십자로 놓여 있었어. 아니, 아무 말도 하지 마. 나를 위로할 수는 없으니까!"

"하지만 우리 할머니는 그저 미신을 믿었을 뿐이라는 걸 모르겠니?" 할머니가 말했다. "우리 할머니는 지루했고 식구들을 괴롭히고 싶어서 이 모든 걸 다 상상해 냈을 뿐이야……."

"쉿!" 소피아가 심각하게 말했다. "아무 말도 하지 마. 나한테 아무 말도 하지 마." 소피아는 문을 열어 둔 채로 나갔다.

저녁이 되어 서늘한 바람이 불기 시작했고, 춤추던 하루

살이들은 사라졌다. 개구리들이 나와서 앞다투어 노래를 불렀고, 잠자리들은 죽은 것 같았다. 하늘에서는 마지막 붉은 구름들이 노란 구름이 되어 내려왔고, 하늘은 오렌지색이 되었다. 숲은 표정과 경고로 가득했고, 어디에서나 암호를 읽을 수 있었다. 하지만 아빠에게 무슨 도움이 되겠는가? 아무도 간 적 없는 곳에 나타난 발자국, 십자로 놓인 나뭇가지, 푸른 풀들 한가운데의 붉은 블루베리 덤불. 달이 떠서 노간주나무 꼭대기에서 균형을 잡았다. 배들이 바닷가에서 풀려났다. 크고 신비로운 물고기들이 바다에 동심원을 남겼고, 붉은 거미들은 모이기로 한 장소에 모였다. 지평선 뒤로는 거역할 수 없는 운명이 기다리고 있었다. 소피아는 아빠를 위해 물약을 만들려고 약초를 찾았지만, 눈에 보이는 것들은 다 아주 평범한 식물처럼 보였다. 무엇을 약초라고 하는지 알 수가 없었다. 약초는 다 작고 줄기가 가늘고 약하고 흔히는 곰팡이가 피었으며 습한 데 자라는 것 같았다. 하지만 어떻게 알겠는가? 달은 점점 더 높이 떠서 아무도 뒤흔들 수 없는 자신의 길을 걷기 시작했다.

소피아가 문 사이로 외쳤다. "도대체 무슨 약초들을 끓인 거야? 그 할머니 말야."

"잊어버렸어." 할머니가 말했다.

소피아는 들어와서 "잊어버리다니." 하고 외쳤다. "잊어버려? 어떻게 그런 걸 잊어버릴 수 있어? 할머니가 그걸 잊어버렸으면 난 지금 어떻게 해? 대체 무슨 생각을 하는 거야? 어떻게 달이 지기 전에 아빠를 구하겠어?"

할머니는 책을 밀어 놓고 안경을 벗었다.

"나는 미신을 믿기 시작했어." 소피아가 말했다. "할머니

의 할머니보다 더 미신을 믿는다고. 뭐라도 좀 해!"

할머니는 일어나서 옷을 입었다.

"양말은 신지 마." 소피아가 조급하게 말했다. "코르셋도. 시간 없다니까!"

"하지만 그런 약초들을 뜯으면……." 할머니가 말했다. "우리가 지금 약초를 뜯어서 물약을 만들면, 아빠는 안 마실 거야."

"그렇네." 소피아도 인정했다. "아빠 귀에 부을 수 있을까?"

할머니는 장화를 신고 생각을 했다.

소피아는 갑자기 울기 시작했다. 소피아는 달이 바다 위를 가로지르는 모습을 보았다. 달은 알 수가 없는 존재여서 예측을 못 하고 있는데, 마음대로 아무 때나 지기도 했다. 할머니는 문을 열고 말했다. "지금은 아무 말도 하면 안 돼. 재채기도 트림도 안 돼. 필요한 걸 다 모을 때까지는 한 번도 하면 안 돼. 그러고 나면 모두 다 최대한 안전한 곳에 갖다 놓고 멀리에서 그 힘이 미치게끔 하는 거야. 지금처럼 특별한 경우에는 그렇게 할 수도 있어."

섬은 달빛으로 밝았고 밤은 따뜻했다. 소피아는 할머니가 패랭이꽃의 머리 부분을 하나 꺾는 모습을 보았다. 작은 돌 두 개를 찾았고, 물풀 사이에서도 하나를 찾아서 모두 주머니에 담았다. 두 사람은 계속 길을 갔다. 숲속에서 할머니는 나무에 낀 이끼, 고사리 약간과 나방 시체도 주워 담았다. 소피아는 말없이 따라갔다. 할머니가 멈추어서 무언가를 주머니에 넣을 때마다 점점 더 마음이 놓였다. 달은 약간 붉었고, 마치 하늘에 켜진 불 같았다. 그 아래에는 달빛으로 된 길이 바닷가까지 이어져 있었다. 두 사람은 섬을 가로질러 반대편까지 갔고,

때때로 할머니는 무언가 중요한 것을 발견했는지 땅으로 허리를 굽혔다. 크고 검은 할머니는 달빛으로 된 길 가운데로 나섰다. 할머니의 뻣뻣한 다리와 지팡이는 계속 앞으로 나아갔고, 할머니는 점점 커졌다. 달빛이 할머니의 모자와 어깨를 덮었고, 할머니는 운명과 섬 전체를 지켰다. 불행과 죽음을 쫓는 데 필요한 모든 것을 할머니가 찾으리라는 건 의심할 필요조차 없었다. 할머니의 주머니에는 모든 게 다 들어갈 자리가 있었다. 소피아는 내내 할머니를 따라갔고, 할머니가 어떻게 달을 머리에 이고 가는지, 밤이 고요해지는지를 보았다. 집에 돌아왔을 때, 할머니는 이제 말을 해도 된다고 말했다.

"말하지 마!" 소피아가 속삭였다. "조용히 해! 다 주머니 속에 둬!"

"좋아." 할머니가 말했다. 할머니는 썩은 계단의 한 토막을 부러뜨려서 그것도 주머니에 넣고는 들어가서 누웠다. 달은 바다로 졌고, 걱정할 까닭은 없었다.

그날이 지나고, 할머니는 담배와 성냥을 왼쪽 주머니에 넣었고 모두들 가을까지 행복하게 살았다. 가을이 되어 할머니의 치마를 드라이클리닝하려고 보냈는데, 그러자마자 아빠는 발을 삐었다.

8월

밤은 알지 못하는 사이에 매일 조금씩 어두워졌다. 8월의 어느 저녁에 밖에서 일을 보고 있으면 갑자기 온 세상이 깜깜해진다. 크고 따뜻하고 검은 침묵이 집 주위를 감쌌다. 아직 여름이었지만 여름은 더 이상 생명이 없었고, 시들지는 않았지만 정지해 버렸다. 하지만 가을은 아직 올 준비가 되지 않았다. 아직은 별이 없었고, 그저 어두울 뿐이었다. 석유통은 이제 지하에서 복도로 나왔고, 손전등은 문 뒤의 고리에 걸렸다.

한 해의 흐름을 따라가기 위해, 당장 한번에는 아니지만 점차로 물건들의 자리가 바뀐다. 날이면 날마다 물건들이 점점 더 집과 가까운 곳에 자리 잡는다. 소피아의 아빠는 텐트와 펌프를 집 안으로 가져온다. 부표들을 묶은 고리를 풀고, 줄을 코르크로 된 낚시찌들에 고정시킨다. 배는 배 옮기는 수레에 실어 육지로 올리고, 낚싯배는 장작 패는 곳 뒤에 엎어 둔다. 가을은 이렇게 시작한다. 하루나 이틀 후에는 감자를 캐고, 물통들을 집의 벽 옆으로 굴려다 놓는다. 양동이와 정원에서 쓴 연장들도 집 쪽으로 가까이 가져오고, 장식으로 둔 깡통들도 사라진다. 할머니의 양산과 잠깐씩 쓰는 다른 사랑스러운 물건들도 자리를 바꾼다. 베란다에는 소화기와 도끼, 꼬치와 눈삽이 놓여 있다. 그리고 동시에 경치가 바뀐다.

할머니는 8월에 생기는 이런 큰 변화들을 언제나 사랑했는데, 그것은 어쩌면 일이 그렇게 흔들림 없이 진행되었고 모든 물건들이 정해진 자신들만의 자리로 돌아갔기 때문인지도 모른다. 모든 흔적들이 섬에서 사라져 버릴 수 있는 계절, 섬이 최대한 원래 상태로 복구될 수 있는 계절이었다. 물풀이 둑이 되면서 지친 밭이랑을 덮쳤다. 오랜 비가 땅을 고르게 하고 물로 쓸어 갔다. 아직도 남아서 핀 꽃들은 붉은색과 노란색으로 빛났고, 물풀 위로 환한 빛깔이 점점이 박혀 있었다. 숲에는 보기 드물게 커다란 흰 장미들이 피어 하룻낮과 하룻밤 동안 숨 막히게 화려한 모습을 뽐냈다.

할머니의 다리가 아팠던 건 비 때문이었을 수도 있다. 그때문에 할머니는 섬을 마음껏 돌아다닐 수가 없었다. 하지만 날마다 저녁 무렵이 되면 할머니는 조금 걸어 나가 땅을 치웠고, 인간과 관계가 있는 모든 흔적들을 정리했다. 할머니는 못을 주워 담고 종이나 천이나 플라스틱 조각들, 널빤지 부스러기나 짝을 잃은 깡통 뚜껑도 거두었다. 할머니는 불에 타는 것들을 태울 수 있는 바닷가로 내려가면서, 섬이 점점 깨끗해지고 한편으로는 점점 낯설고 멀어진다고 느꼈다. '섬이 우리를 털어 버리는구나.' 하고 생각했다. '조금만 있으면 이 섬에는 아무도 살지 않을 거야. 아마 그렇겠지.'

밤은 차차 어두워졌다. 수평선을 따라 등대의 불빛들이 점선을 그렸고, 때로는 큰 배의 모터가 항로를 지나가며 통통거렸다. 바다는 조금도 움직이지 않았고, 아무 소리도 없었다.

땅이 깨끗이 치워졌을 때 소피아의 아빠는 고리 달린 볼트를 연단으로 붉게 칠했고, 비 소식 없이 무더웠던 어느 날 베란다에 물개 기름을 발랐다. 아빠는 연장과 경첩에 카람바 기름[10]을 바르고 굴뚝을 청소했다. 그물도 안으로 가지고 왔다. 아빠는 내년 봄을 위해, 그리고 난파되어 오는 사람들을 위해 벽난로 옆 벽면에 장작을 쌓았고, 장작 창고는 끈으로 묶었다. 홍수가 났을 때 물이 거의 거기까지 올라왔으니까.

"꽃 지지대를 안으로 가져와야 해." 할머니가 말했다. "경치에 방해가 돼." 하지만 소피아의 아빠는 그대로 두었다. 그 지지대들이 없으면, 나중에 돌아왔을 때 어디에서 뭐가 자라는지를 알 수가 없었으니까. 할머니는 걱정투성이였다. "상상을 해 보라고." 할머니가 말했다. "늘 그러듯이 사람들이 상륙을 했다고 상상해 봐. 그런데 지하실로 내려가는 바닥 문이 물에 불어 버리면, 굵은 소금이 지하실에 있는데도 그걸 모르잖아. 소금을 꺼내 오고 쪽지를 써 붙여야 해. 설탕이라고 생각하면 안 되잖아. 그리고 바지도 더 널어 놓아야 해. 세상에서 제일 끔찍한 게 축축한 바지니까. 또 그 사람들이 그물을 이랑 위에 널다가 몽땅 밟아 버리면 어떡해? 뿌리들이 어떻게 될지 모르잖아." 잠시 후에는 굴뚝 생각에 마음이 불안해져서 다시 쪽지를 붙였다. "난로 뚜껑은 닫지 마세요. 녹이 슬어서 붙어 버릴 수 있으니까요. 바람이 제대로 통하지 않으면 굴뚝에 새가 둥지를 튼 것일 수도 있어요. 나중에, 봄에 그럴 수 있다는 거죠."

"그때는 우리가 여기 있잖아." 소피아의 아빠가 말했다.

10   경첩이나 자물쇠, 각종 연장 등에 사용하는 다목적 윤활유.

"새들에 대해서는 그렇게 단정할 수 없어." 할머니가 대답했다. 할머니는 한 주일이나 빨리 커튼을 다 떼었고, 남쪽과 동쪽 창문은 종이로 넓게 덮었다. 그리고 이렇게 썼다. "종이를 떼지 마세요. 그러면 가을 철새들이 집 안으로 들어오니까요. 뭐든지 다 사용하셔도 좋지만, 새 땔감을 좀 해 오세요. 연장은 대패질하는 작업대 밑에 있습니다. 그럼 이만."

"왜 그렇게 급해?" 소피아가 물었다. 할머니는 어차피 해야 할 일이라면 무엇을 해야 하는지 정확히 알 때 하는 게 좋다고 대답했다. 할머니는 손님용 담배를 꺼냈고, 램프가 말을 안 들을 때를 대비해서 초도 꺼냈다. 기압계와 침낭과 조개껍데기 상자는 침대 아래에 숨겼지만, 기압계는 나중에 다시 가져왔다. 작은 조각품은 숨긴 적이 없다. 할머니는 아무도 조각을 이해하지 못한다는 사실을, 그리고 조금이라도 교양 있는 사람들이라면 해를 입히지 않으리라는 점 또한 알고 있었다. 집이 겨우내 너무 냉랭하게 보이지 않도록, 러그도 그냥 두었다.

창문 두 개를 덮고 나니 방이 달라 보였다. 신비롭고 마치 무슨 꿍꿍이속이 있는 듯하면서도 꽤 외로워 보였다. 할머니는 문손잡이를 반짝이게 윤을 내고 쓰레기통도 반들반들하게 닦았다. 다음 날은 장작 패는 곳에서 자기 옷을 모두 빨았다. 그러고는 피곤해서 손님방으로 들어가 누웠다. 가을이 다 가오자 손님방은 아주 좁아졌다. 내년 봄을 기다리는, 더 이상 필요 없는 물건들을 다 손님방에 두었으니까. 할머니는 그런 모든 쓸모 있는 물건들 사이에 박혀 있는 게 좋았고, 잠이 들기 전에 주위의 물건들, 그물, 철사와 밧줄 뭉치, 이탄 자루와 다른 온갖 중요한 물건들을 바라보았다. 할머니는 다정한 마음으로 옛날에 망가진 배들의 명패를 들여다보았고, '폭풍이 올 가능성'에 관한 첫 기록, 총으로 쏜 밍크, 죽은 물개와 다른 동물들에 관한 보고들을 읽었다. 하지만 눈길은 무엇보다도 아름다운 그림, 사막의 모래 바다 앞 열린 천막 속에 자리한 은수자와 뒷배경의 사자 그림에 머물렀다. '어떻게 이 방을 떠나지?' 할머니가 생각했다.

방으로 들어와서 옷을 벗고 밤바람이 들어오도록 창문을 여는 건 쉬운 일이 아니었지만, 할머니는 결국 누워서 다리를 뻗는 데 성공했다. 할머니는 불을 껐고, 벽의 반대편에서도 식구들이 눕는 소리를 들었다. 타르와 젖은 모직 냄새가 났고, 테르펜틴 냄새도 좀 나는 듯했다. 바다는 여전히 조용했다. 할머니는 잠이 들 무렵 침대 밑에 있는 요강 생각이 났다. 할머니는 요강이 무력함의 상징이라고 생각해서 싫어했고, 그저 예의상 받아 두었을 뿐이었다. 폭풍이 치거나 비가 올 때는 요강이 편하기는 하다. 하지만 다음 날은 바다로 들고 가서 치워야 하는데, 결국 숨겨야 하는 물건이란 다 짐이다.

잠에서 깬 할머니는 한동안 누워서 나갈까 말까 생각을 했다. 밤이 집의 벽까지 다가와서 밖에서 기다리고 있는 것 같았다. 계단은 잘못 지어서 단이 너무 높고 너무 좁았으며, 이어서 장작 패는 곳으로 내려가는 길에 미끄러운 바위가 나왔다. 그리고 나중에는 그 길을 되돌아와야 했다. 불을 켜는 건 도움이 되지 않았다. 불을 켜면 방향과 거리에 대한 감각을 잃었고, 어둠이 더 덤벼들었다. 다리를 침대 옆으로 뻗어서 일어나 앉아 균형이 잡히기를 기다린다. 문으로 네 걸음을 걷고 문고리를 열고 다시 기다린다. 난간을 붙들고 다섯 걸음을 내려간다. 할머니는 넘어지거나 길을 잃는 게 두렵지는 않았지만, 어둠이 절대적이라는 점을 알았고, 손을 놓쳤을 때 아무것도 잡히지 않으면 어떤지 잘 알았다. 할머니는 혼잣말을 했다. '어쨌건 난 밖이 어떻게 생겼는지 다 아니까. 안 보여도 상관없어.' 할머니는 다리를 침대 옆으로 뻗어서 일어나 앉고 균형이 잡히기를 기다렸다. 문으로 네 걸음을 걷고 문고리를 열었다. 캄캄한 밤이었고, 더 이상 따뜻하지 않았다. 간신히 느낄 수 있는 얇고 날카로운 추위였다. 계단을 내려가서 집을 향해 등을 돌리고 손을 놓았다. 생각보다는 쉬웠다. 장작 패는 곳에 웅크리고 앉으니 할머니는 지금 어디 있는지, 집과 바다와 숲이 어디 있는지 정확하게 알 수 있었다. 저 멀리 항로를 지나가는 배의 모터가 퉁퉁거렸지만, 등대는 눈에 보이지 않았다.

할머니는 장작 패는 받침대에 앉아서 균형이 다시 잡히기를 기다렸다. 바로 다시 균형을 잡았지만, 그래도 한동안 앉아 있었다. 화물선은 동쪽의 코트카를 향해 갔다. 점차 디젤 모터의 소리도 멀어졌고, 밤은 다시 아까처럼 고요해졌다. 가을 냄새가 났다. 다른 배가 왔는데, 아마 석유로 움직이는 좀 작은 배 같았다. 자동차 모터로 움직이는 청어잡이 배일 수도 있겠지만, 이렇게 늦은 시간에는 드문 일이었다. 청어잡이 배는 보통 해가 진 다음에 잠깐만 나오니까. 어쨌건 그 배는 항로를 그대로 따라가지 않고 곧장 바다로 나갔다. 천천히 퉁퉁거리는 소리는 섬을 지나서 앞으로 계속 퍼져 나갔고, 배의 맥박은 끊임없이 이어지며 점점 멀어졌지만, 완전히 사라지지 않았다.

"재밌네." 할머니가 말했다. "저건 심장 뛰는 소리야. 청어잡이 배가 아니라고." 할머니는 자러 갈까 아니면 그냥 좀 앉아 있을까 한참 생각했다. 아마 좀 앉아 있는 쪽으로……

옮긴이
안미란

서울대학교 국어교육과를 졸업하고 독일 킬 대학교 언어학과에서 박사 학위를 받았다. 이탈리아 라 사피엔차 로마 대학교에서 강의했으며 현재 주한독일문화원에서 근무하고 있다.
헨리크 입센의 『인형의 집』, 로테 하메르와 쇠렌 하메르의 『숨겨진 야수』와 『모든 것에는 대가가 흐른다』, 크누트 함순의 『땅의 혜택』, 글렌 링트베드의 『오래 슬퍼하지 마』를 비롯하여 여러 스칸디나비아권 도서를 우리말로 옮겼다.

여름의 책

1판 1쇄 펴냄 2019년 10월 18일
1판 11쇄 펴냄 2024년 7월 31일

지은이 토베 얀손
옮긴이 안미란
발행인 박근섭, 박상준
펴낸곳 (주)민음사

출판등록 1966. 5. 19. 제16-490호
서울시 강남구 도산대로 1길 62(신사동)
강남출판문화센터 5층 06027
대표전화 02-515-2000 팩시밀리 02-515-2007
www.minumsa.com

한국어판 ⓒ (주)민음사, 2019. Printed in Seoul, Korea

ISBN 978 89 374 2956 9 04800
ISBN 978 89 374 2900 2 (세트)

* 잘못 만들어진 책은 구입처에서 교환해 드립니다.